出走的少女

马冰 宫主 叛 著

北京时代华文书局

图书在版编目（CIP）数据

出走的少女 / 马叛，宫主冰著. -- 北京：北京时代华文书局，2018.1
ISBN 978-7-5699-2080-2

Ⅰ.①出… Ⅱ.①马… ②宫… Ⅲ.①长篇小说－中国－当代 Ⅳ.①I247.5

中国版本图书馆CIP数据核字（2017）第314821号

出 走 的 少 女
Chuzou De Shaonü

著　　者｜马叛　宫主冰
出 版 人｜王训海
选题策划｜曾　丽
责任编辑｜曾　丽　石乃月
装帧设计｜蔡小波　王艾迪
插画设计｜邦乔彦
责任印制｜刘　银　范玉洁

出版发行｜北京时代华文书局 http://www.bjsdsj.com.cn
　　　　　北京市东城区安定门外大街136号皇城国际大厦A座8楼
　　　　　邮编：100011　电话：010-64267955　64267677

印　　刷｜固安县京平诚乾印刷有限公司　0316-6170166
　　　　　（如发现印装质量问题，请与印刷厂联系调换）

开　　本｜880mm×1230mm　1/32　印　张｜7　字　数｜160千字
版　　次｜2018年5月第1版　　　　 印　次｜2018年5月第1次印刷
书　　号｜ISBN 978-7-5699-2080-2
定　　价｜39.80元

版权所有，侵权必究

引言

别送我

说再见吧

故乡已在身后了

你不要再想起我

请别送我

就当我是那云朵

请别送我

——《乘风破浪》插曲

在电影院看《乘风破浪》,看赛车手男生穿越回去和父亲和解,看得曾经叛逆的我泪流满面。

现实中,一代人很难和上一代人和解,一旦间隙产生,就是伴随一生的痛。

现实里也无法穿越,无法理解父辈的苦楚,父辈也不理解我们。

这本书里,讲述的就是互不理解的两代人的故事。并不是不爱对方,只是爱用错了地方,就变成了伤害,变成了负担。

引言

  早就想写一个关于亲情的故事,一直怕写不好,因为亲人之间关系太近了,很容易失去幻想空间,怕一不小心,就弄乱故事和现实的距离。但是看了《乘风破浪》之后,还是打算写一写,写的虽然也是亲情故事,讲的却是另一种可能。如果你也曾叛逆过、轻狂过,那么或许能从主人公身上,看到你的影子。那个叛逆的、为了梦想铤而走险离家出走的姑娘,离你并不遥远。

目 录
CONTENTS

第一章 〓 *001*
被父母玩弄于股掌的木偶

我很清楚,我要的是月亮,不是六便士。我并不是讨厌六便士,我只是觉得,有了月亮,我想要多少六便士都可以。我只是不想做一个眼里只有六便士没有月亮的人。

第二章 〓 *017*
为自己活一次

在一个人不够强大的时候,没有人会尊重你,哪怕亲如父母。他们也是习惯性地替你做着决定,哪怕你已经具备了独立思考的能力。他们永远不放心你,也永远不会尊重你的想法和选择,还美其名曰为你好。

第三章 〓 *033*
不主动就改变不了现状

谎言说了一千遍就是真理,更何况"上学改变命运"并非是一句谎言,而是真理,只不过这真理过了期,变了质,而芸芸众生,还蒙在鼓里,不知道随机应变。

第四章 053
先解决生存问题再考虑生活质量

为什么有才华的人不努力地去搏一把,而是看着所有的机会被那些平庸之才给浪费呢?如果不能站在更大更广的舞台上唱歌,那岂不是平白埋没自己人生所有的可能性?那时候的我刚刚离开家,满心的想法就是非得做出一番事业证明给父母看不可,而我不知道的是,其实人生本就没有什么可以被证明的。成与败、沉与浮,一切不过须臾,为了刹那间的虚名丢弃自我,那才是得不偿失。

第五章 073
自尊心还是太强

这群白天在工作场合一本正经的家伙突然就幻化成了一群不良青年,喝酒、抽烟、讲荤段子,就是不聊祖国和人民、学习和教育,不感到孤独也不会思考人生。他们只需要放纵,只需要享乐,只需要撕下面具肆意纵情。这KTV包厢里的一盏盏彩灯仿佛就是照妖镜,让这群初修人形的妖魔鬼怪立刻原形毕露。不过也可能,在这里,他们又戴上了另一种面具。

第六章 095
不够强大的我还配不上爱情

人在年少的时候,还不够强大的时候,不管拥有什么,最终都会失去,因为你不断在成长变化,因为你没有力量去守护你想要的生活。尚且脆弱的你轻易去争取同样脆弱的爱情,最后不是爱情连累了你,就是你连累了爱情。

第七章 ▭ 121
不能辜负曾经对未来充满期待的我

许多年后,当我有了很多很多的钱的时候,我好想回到十八岁,我想回去给那时候的我一些钱,让她不至于过得那么苦,让她不要受那么多委屈还选择苟且和忍让。

第八章 ▭ 133
只是想获得一点起码的尊重

我只能用音乐梦想来给自己洗脑,什么"天将降大任于斯人也"之类的话,我也对自己说了无数遍,但我仍旧无法忘掉那天的不愉快。生活毕竟不是电影,谁也没有打不死的主角光环,一觉醒来就能满血复活。等待着我们的只有数不尽的、未知的考验。

第九章 ▭ 143
或许只有强大才能获得公平

虽然活了十八年,却像温室里的花朵一样被养了十八年。才刚明白一些事理,就被丢进了学校,除了学习成绩,老师和家长什么也不让我们操心。父母和老师这种大包大揽只顾成绩的方式,看似在保护我们这些祖国未来的花朵,实则是让我们,尤其是让我这样性格内向的人,一旦离开校园,就会在社会中迷失。遇到侵害不知道如何有分寸地抗争,遇到帮助又不明白感恩到什么程度或者用什么方式感恩才妥当。就像郁达夫说的那样,不知不觉中,性格已经和这个社会格格不入。

第十章 ⸺ 161
破罐子破摔吗

自己选的路,不仅要跪着走完,哪怕是被生活打断了腿,仅剩下双手,也要靠双手爬到终点。就算落得像荆水一样孤独,我也不怕。成功的人,总是要比普通人更加孤独。那些合群的,大都没出息。

第十一章 ⸺ 175
过去就像一道永远无法愈合的伤口

我需要钱,可能是穷怕了,我需要钱带给我安全感。过去我还没有能力赚钱的时候,我拿梦想安慰自己,我说追梦的人都穷。等有天我有了赚钱的能力后,我发现我变了,我迫不及待地想拥有很多钱,只要拥有很多钱就可以了,梦想可以为了钱让道,为了钱等一等。但我也清楚,我的梦想不会因为钱而变质。

第十二章 ⸺ 187
终于看到了光

在那崭新的世界里,我拥有了新的人生。我的爸妈不再约束我,而是支持我所有的决定。我们相亲相爱地住在一起,彼此信赖,彼此依靠。我回到十八岁那年的夏天,说出我的梦想的时候,爸爸没有扯掉我的耳机,而是带着鼓励的微笑对我说:"你已经是个大孩子了,你做什么选择,爸爸都支持你。"

尾声 ⸺ *195*

离开家的两年时光,我从一个黑白分明的小孩子,变成了五颜六色的大人,新的生活给我染上了新的颜色,让我变得复杂,让我明白,很多事情,尤其是亲情,是无法做到非黑即白的。亲情里有太多的灰色地带,说不清,也无法说。或许,这就是人生吧。

后记 ⸺ *197*

> 我很清楚,我要的是月亮,不是六便士。我并不是讨厌六便士,我只是觉得,有了月亮,我想要多少六便士都可以。我只是不想做一个眼里只有六便士没有月亮的人。

第一章
/ / /
被父母玩弄于股掌的木偶

01

父亲把机票和护照放到我面前的时候,我正在贴吧里浏览G大的乐队招新帖子,与此同时耳机里正播放着汪峰的《勇敢的心》。一个高亢的男声此时此刻仿佛正耗尽了生命般嘶吼道:"这是飞一样的感觉,这是自由的感觉……"

尽管我对汪峰的歌向来无感,但此时此刻他却难得地唱出了我的心声。我已经迫不及待地希望九月马上就来,希望下一秒就可以走出这座生活了十八年的闭塞小城,开始我全新的生活——一种再也不用活在他人的期待里,只需为自己、为音乐而活的生活。

然而,当看到那张郑州飞往洛杉矶的机票的时候,我知道我所畅想的新生活再一次变成了天方夜谭。

"那个……玮玮,我们已经帮你申请好了美国那边的大学。这是机票。"

又是这样。父亲永远只会在背着我做了什么事的时候才会叫我"玮玮",像是做贼心虚,语气里还会带着难能可贵的愧疚的意思。然而这愧疚也只是表象的,倘若他真的为我考虑过,就不会在我已经十八岁的时候还来这套"先斩后奏"的老把戏。

真是受够了。

"我不去。"

坦白说，在讲出这句话的时候我的心跳得很快，为了掩饰自己的紧张，我甚至把耳机的音量调到最大。可谁知下一秒头部就传来拖拽感，耳机掉到了地上，紧接而来的是父亲抬高了声量的警告："我告诉你，凡佳玮，学费我都交了，美国你是去也得去，不去也得去。要不是你高考考上个烂学校，你以为老子愿意操这个心？"

我是想反抗的。我渴望反抗。可是一看到父亲仿佛要吃人的眼神，我还是控制不住地流下了眼泪。这么多年，面对父母的安排，我似乎早已养成了"顺从"的条件反射，"反抗"的本能已经不知道被我丢弃在了哪个落满了灰的角落里。我不想再面对这样蛮横的父母，更不愿面对如此软弱的自己。

此时此刻的我，只想逃离这里。

捂着脸夺门而出，看到的却是再熟悉不过的景象，落魄、萧条，甚至肮脏——一座被人遗忘的中原小城。在小地方，最讲究的便是人情世故，所以每一个人都不得不认识每一个人。

小区门口摆水果摊儿的是李家村的王大妈，她的老公是我爸爸的朋友的小学同学的哥哥，论起辈儿来，我应该叫声叔；还有街角开干洗店的，是我妈妈的姐姐的老公的爸爸的侄子，他们一家人是前年才搬来县城住的；再往北有个新开业的服装店，是我爸爸的手下的老婆的妹妹经营的，她比我大不了几岁，五官精巧十分漂亮，用我们这儿的话说就是她长得很"齐整"；往南……

方圆十里之内，似乎走不了几步就会碰到一个所谓的老熟人，这让我就算"逃"出了家，也觉得四面楚歌，快要窒息。为了避免不必要的交谈，走在路上的时候我都尽量低着头，要是不小心被人认了出来，我也当作没看见。幸好今天是雾霾天，多多少少模糊了一点我的脸。

02

我沿着马路漫无目的地走着，一不小心就走到了我的母校夷县一中——哦不，现在应该说是夷市一中。夷县是在半年前正式被提拔为县级市的，尽管被提拔为市之后并没有给这里带来什么实质性的变化，但是大家依然很高兴——毕竟，夷县这个名字实在太容易让人想入非非。如果对外说自己是"夷县（胰腺）人"，对方还可能以为你的大名是"胰岛素"；而夷市就不一样了，非但不会让人联想到某个人体器官，甚至让人觉得有点小浪漫——夷市夷市，听起来不正像"一生一世"的那个"一世"吗？

故地重游，不免想起过去三年在这里经历的点点滴滴，尤其是高三的这一年。说起高三，几乎每一个人都有满满的故事，这其中不乏一口闷的励志鸡汤，但更多的是像我这样的资质平平的、努力了却依然得不到好结果的"loser"（失败者）。

几年之后我才明白，平庸并不可怕，可怕的是认识不到自己的平庸；

比这更可怕的是，认识到了自己的平庸却不愿意直视它。

很不幸，我的父母就是后者。我家里是做生意的，承包了邻近几个县的电器经销。虽然跟真正的有钱人不能比，但在同乡人眼里我也算是一个含着金钥匙出生的标准"富二代"了。父母在经商上的成就时常能换来外人的巴结与恭维，虚名享受得多了，自然是容不下任何事情不如人的。作为一介不平凡的乡村精英，面对我在学习上的平庸，他们永远都不愿承认，反而还喜欢在亲戚朋友面前夸下海口，为的就是不被我那个考上了清华的堂哥给比下去。一回到家里，他们就360度全方位盯着我嗑书，还不惜重金给我报名各式各样的补习班。反正小地方又没有大商场可以供我妈买名牌包，花钱的路子就只剩下孩子的教育这一条了。

用他们的话来说，他们已经把身边的同辈人给比下去了，剩下的就看我了。

在我小的时候，父母还算重视素质教育，给我买钢琴，让我学舞蹈，说女孩子的气质得从小培养。然而到了初中，"气质"忽然变得不重要了，考学、分数才是压过同龄人的王道。也正是从那时起，我的噩梦开始了。

和大多数女生一样，文科是我更擅长的。然而高考分班的时候，只有那些所谓"没药救"的学生才会去"没水准"的文科班。不仅如此，就连高考分数线都是理科的比较低。说来也可笑，既然学文科的是"没药救"的学生，那定这么高的分数线不是落井下石吗？

当然，这些都是题外话。重点是，身为一个"有药救"的学生，我自然而然地进入了理科班。每天开夜车是必需的，双休日补习更是必需的，可就算这样，成绩却依然不死不活。人人都说"天道酬勤"，但是如果努力用错了地方，这句话还算数吗？我想不通，也不愿去想这个问题，毕竟那些烦人的物理公式已经够让我头疼的了。实在压抑得不行的时候，我会弹琴来放松。这也是我唯一感谢父母的地方，让我可以接触到音乐这么美妙的事物。然而在距离高考还有一百天的时候，我唯一的精神寄托也被夺走了。父母嫌我弹钢琴会影响学习——哪怕只是每周十分钟不到的消遣——他们把它锁进了杂货间。

不像很多怀揣音乐梦想的年轻人说的那样夸张，没有音乐的我并不会死。但这样的日子就像炒了一盘菜却没有放盐，越往下吃，越感觉乏味。

我开始盼望着高考的到来，因为只有这样，我才能名正言顺地离开。

填志愿的时候，父母自然是把北大、清华、人大这一类响当当的北京名校全给填了一遍。我也"不负众望"地一个都没有考上，而是收到了一所不知名的北京三本院校寄来的录取通知书。我以为事已至此，他们就会放弃这场无止境的攀比，可谁知他们竟还留了这么一手——瞒着我替我申请了什么美国HV大学洛杉矶分校的SB学院。

虽然去了美国也可以摆脱父母，但让我生气的是这十八年来他们对我一成不变的态度——无止境地操控着我的人生，哪怕我已经十八岁。就好像无论我走到哪里，究其根本，我还是那个被困在这座落魄小城里的无知的、可悲的女生。

一个被父母玩弄于股掌的木偶。

这让我崩溃又无力。

被父母／玩弄于股掌的／木偶

03

　　四季分明的北方，八月末的傍晚已平添几分秋日的凉意。只穿了背心和短裤的我，面对迎面而来的晚风有些不知所措，只得在走路的时候抱着双臂，让两条裸露的腿挨得近一点来摩擦生热，看上去十分滑稽。转眼我已从城南走到了城北，再往前是通往乡间的荒芜小路，连路灯都没有。

　　迎面来了一辆超载的摩托车，父母坐两端，小孩被紧实地夹在中间。虽然看起来局促危险，却有一种让人心安的温馨。当车子与我擦身而过的时候，坐在中间的小孩忽然笑了起来，然后毫不掩饰地对身后的母亲大声说道："你看那边那个姐姐，走路好搞笑哦！"

　　仅是无心的一句话，于我而言却有如一根无形的细针，趁其不备忽然直刺心间。虽然没有索命，但是五脏六腑都跟着一起钻心地疼。不管我如何努力，大脑都不受控制，任凭泪腺肆意地为非作歹。就像是那个高亢的男声，此时此刻的我仿佛正耗尽了生命般大哭，直至面部扭曲到麻木，瘫软地坐在路旁，像一个被遗弃的孩子。

　　我想起很小的时候，如同上辈子一般。那个时候家里还没有多少钱，我们也和其他亲戚一样住在乡下，养猪、种田，最开心的莫过于等着每月的初一、十五跟父母上县城赶集。每到那天，爸爸就会骑上他那不怎么听使唤的小破摩托，载上我和妈妈，驰骋在那条宽广却荒芜的城乡小路上。虽然摩托的噪声很大，坐在上面甚至会颠簸得屁股疼，但那份快乐却是无与伦比的。被父母紧紧地夹在中间，仿佛世界都是围着我转的。

然而我五岁那年，随着一辆气派的桑塔纳替代了破旧不堪的小摩托，一切就都变了。

我们住进了宽敞的大房子，衣服也从土气的粗布衫换成了洋气的城里款式。三年前，我们家还成了县城里第一户装上了地暖的家庭。明明一切都在变好，我却觉得自己变成了一个无家可归的人。

就算现在每天都有精致的佳肴，我脑海里的美味却依然是很小的时候只有逢年过节才能吃到的大锅菜。

一旦生活缺少了仪式感，人们做起事来就会显得功利，哪怕对待亲人也是如此。

我多想回到过去那拮据的简单中去，可惜我不认识哆啦A梦，也找不到时光机。

正当我沉浸在回忆中难以自拔的时候，忽然感觉到肩头一暖。抬起头，才发现母亲不知道什么时候站在了我身后，她为我披上的是一件新衣。在衣食住行方面，他们可谓父母中的典范，可是在精神生活方面，他们从来不关心我怎么想，或者说，根本不在乎我怎么想，我不管怎么想，在他们看来，都是无知可笑的孩子气。

我噙在眼里的泪水呼之欲出。

在我想擦干泪水扔掉衣服继续跟他们怄气的时候，母亲开了口："回去吧，你爸在家做了你最爱吃的大锅菜。外面冷，有什么事咱都回家说。"

像是垓下之战时对峙中忽然听到楚歌的楚军，本就快要消亡的士气在一瞬间被击得粉碎，连最后的渣渣都不剩。我的眼泪再次决堤，像个在母亲面前无理哭闹的小孩。就这样在敌人面前败下阵来，毫无防备地展现出了自己最软弱的一面。

然而对方并不是敌人，是最了解彼此的家人。既然是家人，又是什么时候挖下深深的无法逾越的战壕且筑起高高的城墙了呢？

可能世界上最让人痛苦的事情，就是至亲至近的人变成了敌人。你想反抗他们逃避他们甚至消灭他们，但最终，你还是会原谅他们。

我虽然没有选择彻底原谅，但我清楚，此时此刻再反抗下去也没有什么意义，他们根本不尊重我的反抗，在他们心里，我可能永远都是那个打一巴掌再给个甜枣就能哄好的小孩子。他们永远不在乎在我心里下的刀子会留下多么深的伤口，他们甚至会觉得那些不是刀子，只是看似锋利实则强身健体的补药。

我朝着那个叫"家"的地方走去，母亲在我后面小心翼翼地跟着，我知道我一回头，就能看到她嘴角那一抹胜利的微笑。

也许只有我真正变得强大的那一天，他们才会对我刮目相看。但资质平平的我，能够变得强大吗？就算变强了，我们之间隔着那么多年的鸿沟，能够消解于无形吗？

我的气渐渐消了，但我的迷茫还在。

弱小的我，也许永远也看不懂这个世界，永远也搞不清楚，到底是侥幸脱离了贫穷生活的父母被成功学洗了脑，还是整个社会都被成功学洗了脑。

在这些顽固的大人眼里，好像再笨的孩子，只要努力，就可以成为社会精英。但如果都成了不平凡的人，那谁来做平凡的人衬托他们的不平凡呢？

平凡的人，就不能享受平凡，做快乐的人吗？

平凡又不等于平庸。如果像父母那样，成为别人眼中的精英，但日子却过得庸俗不堪，这样的精英生活，过起来又有什么意义呢？

或者说，这个世界，本就是个虚伪的精致的自欺欺人的世界。

如果一定要在这个世界里生活，并且努力地生活的话，我想，我应该朝着我喜欢的方向去努力，那样就算最后失败了，我也无怨无悔。反正人生最后的结局，都是一个死，生和死之间这几十年，我为什么不能选择按照自己的方式去度过呢？

不过几个小时的"离家出走"，让我渐渐看清楚了，我以后要走的路。

04

打开门的时候，大锅菜的香气就闯入了鼻子里。

"来来，快坐下吃，不然等会儿就凉了。"身上系着围裙的父亲看起来有些滑稽，却莫名地让人感到亲切。

父亲很会做饭，但是自从着手经商之后，越来越忙的生意、越来越多的应酬让他再也无暇光顾厨房。或许是意识到了这一点，他开口道："哎呀，我也是好久没有下厨了。玮玮，快来尝尝爸爸这大锅菜做得怎么样。"

看似什么都没发生一样，但若是仔细观察，父亲眼底的尴尬仍旧是掩不住的。

在乎面子的人总是这样的，说出"对不起"这三个字永远比装作若无其事要困难一百倍。把所有的芥蒂都交给时间去解决，无论面对彼此的时候多么难受，只要仍旧保持微笑就一切都会过去的。

这听起来像是懦弱者的生存之道，实则是每一个自负者的体面准则。

然而无论眼前的男人是一个什么样的人，都不能改变的事实是，他是我的父亲。不管我承认与否，他爱我，我也爱他。望着他日益后退的发际线和愈发弯曲的后背，我不得不承认我会隐隐地心疼。

"怎么样，玮玮，好吃吗？爸爸的手艺没退步吧？"

"好吃！"不知不觉我碗里的菜已经下去一大半了。

"这姑娘就是随我。我小时候家里没得吃，只有过年的时候才能吃上大锅菜，还不一定每年都有，里头也没多少肉。后来过上好日子，什么山珍海味也都尝过，但还就是只惦记这一口。"父亲边说边笑着点头，像是对我了如指掌的样子。

父亲是有大志向的人，无奈生在小村里，家中条件又不好，初中毕业就不得不帮衬着家里操持家务。后来事业有成，每逢寒暑假的时候总会带着一家人到处跑。我们跑遍了几乎整个中国，还有周边的东南亚国家，但是遥远的西方却从未涉足。

还记得小的时候，父亲拿着世界地图教我认识地球上不同的国家。说起大部分地方的时候不过是照本宣科般地一带而过，唯有提起美国的时候,他眼中会不自觉地闪烁着光芒。或许是他自己都不曾意识到的,当他介绍美国的时候,仿佛这个地方就是他引以为傲的故乡。美国吸引他的并不是发达的经济和繁华的城市,而是让人信服的"美国梦"。

"只要经过努力不懈的奋斗便能获得更好的生活,即人们必须通过自己的勤奋、勇气、创意和决心迈向繁荣,而非依赖于特定的社会阶级和他人的援助。"

这句读起来振奋人心的口号或许并非是这个国家的真实状况,但它的的确确鼓舞过中国中部某个小乡村的年轻人。

想要倾尽所有给自己的孩子自己认为最好的东西,其实也没什么错。而且去美国未必是什么坏事。

在捧起碗消灭了碗里的最后一点汤汁之后,我把碗放回了桌面上。故意用了一点力气,好让碗底在接触到桌面的时候发出不重不轻的声响,像是在进行着某种仪式,也像是在给自己打气。

"爸,美国我会去的。"虽然我一时也想不出什么办法能够不去美国,但还是想表明自己此刻的心意,"但是请你们以后不要再背着我帮我做决定了。我已经十八岁了,不是小孩子了。我希望你们可以尊重我的意见。"

"好好,爸爸妈妈以后再也不这样了。我们保证。"在许下仓促的承诺后,父亲主动收拾起了桌上的碗筷,一溜烟便钻进厨房了,像是在躲避什么。

见父母都各自忙起来,我也简单地冲了个澡,随后倒在了床上。

这真的是我想要的生活吗?为了父亲,去美国?

05

过完海关,再也找不见父母身影的时候,我并没有想象中的难过,却也不感觉轻松。只有一种说不清道不明的混沌围绕着我,好像我并不处在一个真实的世界里。我想要挣脱这种状态,却找不到出口。

木然地跟着指示来到登机口,找到一个没有人的位子坐下。虽然是飞往美国的航班,但是周围却一个外国人都没有,一瞬间竟有些恍惚。明明周围都是同胞,但是十三个小时过后,竟然就要到一片完全陌生的土地了。

距离登机还有两个小时,我从包里拿出随手带的一本《月亮与六便士》开始读起来。

小的时候曾在老师的强迫下读过这本书,还敷衍地写过一篇读后感,然而故事情节早已忘得一干二净。前阵子逛书店,一眼就被那个深蓝色的封面吸引住了。封面上画着一个男人的侧影,尽管看不清面孔,却能感觉到那个男人似乎并不快乐,仿佛正在思考什么严重的大事。整幅画透露出一种说不出来的压抑。

或许是有些沉重的封面戳中了我,向来对名著并不感兴趣的我竟然选择把它带回了家,并且在此时此刻甘之如饴地读着它,甚至错过了属于我的登机时间。

在离飞机起飞还有不到十分钟的时候,我结束了这本书的最后一个字,也正是此时广播里响起了寻我启事:

"请旅客凡佳玮,旅客凡佳玮,现在马上到××登机口登机,您乘坐的航班马上就要起飞了。谢谢!"

……

我感觉自己的体内有某种东西正在沸腾着,之前的混沌感忽然消失不见,一种醍醐灌顶的清醒围绕着我。回想起过去的人生,自己好像从未如此坚定过。窗外天色已暗,月亮正缓缓浮上天际。然而此时此刻我的眼中却满是仍未褪尽的晚霞,有如月亮下的火把,正照亮我、点燃我。

不管了,豁出去了。

既然注定要迈出这一步,那就算粉身碎骨也要走下去。

我很清楚,我要的是月亮,不是六便士。我并不是讨厌六便士,我只是觉得,有了月亮,我想要多少六便士都可以。我只是不想做一个眼里只有六便士没有月亮的人。

我朝着地勤工作人员的方向走去,在下一则寻找我的广播响起之前,对面前的工作人员说:"我要退票。"

在一个人不够强大的时候，没有人会尊重你，哪怕亲如父母。他们也是习惯性地替你做着决定，哪怕你已经具备了独立思考的能力。他们永远不放心你，也永远不会尊重你的想法和选择，还美其名曰为你好。

第二章

为自己活一次

01

人生不由自己掌控的时候,我感到害怕,我怕父母把我带进庸俗的沼泽。等到人生可以由自己掌控了,我同样感到害怕,我怕自己的选择是错的,我怕我本质上就是个庸俗且无能的人,我对生活的每一次反抗,最后换回来的就只有嘲笑。

可我已经没有了退路,退票离开海关的时候,我收到的最后一条消息是妈妈发来的,但我没有点开看,我怕那些承载了爱意的嘱咐会让我心软。

为了避免被父母抓回去,我先是搭乘最近的一趟航班去了北京,然后从北京绕道去了"魔都"。在北京的时候,我给爸爸发了条信息——

多年养育,感恩在心,美国之行,恕难从命。爸妈,以后要照顾好自己。女儿要去追求自己的梦想了,那个在四年前就早已认定的梦想。这段日子里不用找我。等我实现了梦想,自然会回来。

——永远爱你们的女儿

发完信息我就把手机卡扔掉了，同时也把银行卡里的钱全部取出来装进了包里。尽管我先前已经查过，年满十八岁，离家出走后又发回来过消息，确定是家庭矛盾而不是刑事案件的话，没有人会帮助爸妈抓我回去，但我仍旧害怕父母突然出现在我面前。

  所以这趟叛逃，既是突如其来忍无可忍临时起意，也是蓄谋已久。我一直在等自己满十八岁，也一直在给父母机会。不到万不得已，我不想决裂，不想让自己没有退路。

  现在终于满十八岁了，父母也没有任何让步的意思，依旧像对待小孩子一样对待我，依旧不尊重我的意见，那就不能怪我无情的反抗了。

  哪里有压迫，哪里就会有反抗。

02

  选择到"魔都"这座城市追求梦想，也是蓄谋已久的事情。

  那一年我十四岁，父亲最后一次带我外出旅行，去的就是"魔都"。我们没有去那些著名的景点，而是随心所欲地漫步在大街小巷，感受着"魔都"人的日常。

  父亲说，这座城市的发达程度，不亚于世界上任何一个发达国家城市。父亲说总有一天夷市也会像"魔都"这样发达。父亲的自信来源于哪里我不知道，夷市虽然已经在规划城铁和高铁，但并不是说交通发达了，人的智力就可以提高，素质就可以变好。反观那些质朴的山村居民，在被城市文明入侵之后，反而没有过去那么质朴了。所以小县城变成大都市后，能够有大都市的文明吗？我对此一点也不乐观。

在父亲去拜访他生意上的那些朋友的时候，我顺着酒店后门的小巷，走到了一所音乐学院门前。

进去学院没走多远，就看到了那座不断有钢琴声传出的红顶白墙的建筑。后来的很多年，那座建筑都会出现在我的梦境里。其实那是再普通不过的洋房，但音乐音律的美妙，让它变得神圣起来。

我还记得它的名字——贺绿汀音乐厅。那天刚好有演出，门口的海报上放着一个身着蓝色礼服弹钢琴的姑娘的照片——这一天她正在这里举办钢琴独奏会。

那次回去后，我郑重其事地告诉父母我想在初中毕业后去艺术学院学音乐，却换来了他们的怒斥。可能对于穷过的人来说，最害怕的就是再次贫穷，最渴望的就是安稳的富裕，而艺术在他们眼里与后者毫无关系。

也正是从那个夏天开始，我结束了人生中最后一节钢琴课，取而代之的是中考补习班。

现在我想再次回到那里，回到那座不起眼的洋房，回到坚定的十四岁，回到内心崩坏那一年。我想只要我回去了，就可以重建我内心的秩序，就可以不去纠结那些我想不明白的问题。

在父亲霸道地锁了我的钢琴的那一天，我想了很多。或者说，我的人生观被改变了。我开始发现，在一个人不够强大的时候，没有人会尊重你，哪怕亲如父母。他们也是习惯性地替你做着决定，哪怕你已经具备了独立思考的能力。

　　他们永远不放心你，也永远不会尊重你的想法和选择，还美其名曰为你好。其实他们只是怕被连累罢了，怕你把生活搞砸了最后还要他们来帮你收拾。在你变得强大之前，你在所有人眼里都是低等生物，都是寄生虫一样的存在。想要改变这种关系，想要获得尊重，就只有变得强大。在家是这样，到了社会到了工作岗位上也是这样。

　　我知道父母是爱我的，但我从那天开始，也明白了作为一个独立的人，我始终是孤独的。我若死了，父母会很难过，但他们不会陪伴我去死。父母死了，我也会很难过，但我也不会陪伴父母去死。父母尚且如此，何况其他人。长大以后，我们终究要面对一些只能我们自己面对的事情。我们的人生之路，自始至终，也只有我们一个人在走，那些偶然遇到的陪伴和爱，都不会持续太久。

03

　　没有钱、没有人脉，甚至连来路都不能说明的我，想直接进音乐学院学习是不可能的。不过我在来"魔都"之前就知道，追求梦想的道路没有一帆风顺的。

　　不管顺不顺，先踏上去走一走再说吧。虽然最后失败了我也许会后悔，但那和从未追求过的后悔是不一样的。我更在乎的是我经历过，我努力抗争过,而不是逆来顺受,无底线地妥协。

到了"魔都"之后,我先去音乐学院走了一圈,深深地感受到了那句话的含义——梦想近在咫尺,却又遥不可及。

隔着窗户,看着里面弹琴的女孩子,我心里满满的都是羡慕。她们都是我的同龄人,为什么她们的家长就支持她们追求音乐梦想呢?哪里有人类,哪里就有不公平。

但我也不是无路可走,在音乐学院的黑板报上,我看到了一则招生简章,是一个艺术类的培训学校,学费很便宜,上面还说,只需要两个月,就能实现你的艺术梦想。

我记下了那个培训学校的电话,虽然也知道未必靠谱,但病急乱投医,有人带一带,总比无头苍蝇似的乱撞好。

虽然身上带着一大笔出国用的生活费,但为了避免坐吃山空,对比了"魔都"的租房价格之后,我选择了住在郊区。为了避免生活质量下降太多,我选择了一个位于十七楼的一室一厅的小房子,并且买了一盆仙人球放在阳台上。在仙人球开花之前,我想我应该可以过上我想要的生活。

04

"挺胸,抬头,收腹。"老师边说边拍着一个胖胖的男生的肚子,"对,很好,就是这样,努力地把你的肚子吸进去,然后在心里默念:我就是主角。不要管别人怎么想，跟着节拍，走自己的路就好……"

转眼就过了一个月。我站在培训学校租来的教室里，看着镜子中的自己，跟着老师的指挥正昂首阔步，忽然有些恍惚。眼前的人熟悉又陌生，明明鼻子、耳朵、嘴巴什么都没变，甚至连头发也没怎么变长，但眼睛里却仿佛住进了另一个人。

说这个培训学校骗钱吧，它们也能满足一些人的基础需求，毕竟不是每个有文艺爱好的人都像我一样想要变成艺术家，大部分人，只要能有个好的走路姿势、好的站姿坐姿就够了；还有一些人，来学吉他和爵士鼓，完全就是为了追女孩。

但要说这个学校不骗钱吧，我交了两万块钱，一个月过去了，就只学会了走路。我报的是钢琴速成班，到现在钢琴老师还没见到。校长说，钢琴老师旅行去了，下个月就回来，让我先跟着形体老师学习一下走路，他说我走路的样子轻飘飘的。

校长不着急，我却很着急，我的时间不多的，我想快速学会一技之长，然后一边打工一边求学。如果再拖下去，等钱用完了，我就只能先去打工，无法求学了，而且没有一技之长，我就只能做一些出卖体力的工作，想想就觉得头疼。

05

适逢中秋节和国庆节赶在一起,培训学校放假,我蜷缩在租来的房子里,吃着泡面和香肠,想着渺茫的未来,心里愈发难受。

中秋的月亮太过炫目,除非低着头,否则你无法无视它的存在。我曾经以为我追求的是月亮,我热爱月亮,可是为什么此时此刻我却如此害怕直视它呢?

站在阳台上给仙人球浇水的时候,我想起了村上春树写的《1Q84》,那片两个月亮的夜空,看似什么都没有变,却早已身处另一个世界。《1Q84》里的主人公如此,此时此刻的我也好像如此。

明明还是生活在同一星球上,天空中的月亮也还是那一个,一切却早已天翻地覆。

我努力逃避却又无法逃避的问题再一次浮现在我脑海里——此时此刻我的父母正在家里做着什么呢?

如此良辰佳节,正是亲人团聚的时候,他们却要面对骨肉分离之苦,我是不是太狠心了呢?哪怕是决绝如青豆、天吾(《1Q84》中的女主角和男主角,都曾在成长过程中与父母产生矛盾甚至断绝关系),也无法让自己彻底不期待亲情,我又怎么可能彻底斩断我的过去呢?

但我的身体里还有另一种更强烈的声音提醒着我:"我的心渴望着一种更加惊险的生活。"(出自《月亮与六便士》)无论重来多少次,结局都是一样的。

哪怕一生都不被父母原谅，我仍旧要去追求我想要的生活。

有时候会在半夜被噩梦惊醒，梦里看到父母失望的神情，我会不由自主地坐起来，将自己蜷缩成一团，靠着墙，蒙着被子，身上却依旧是冷的。

我感觉我的未来就像漂浮在湖面上的船，四周被浓雾笼罩着，尽管此刻还是风平浪静，但是谁也料不准下一秒等待我的将是什么。我不知道我是真的渴望，还是叶公好龙。

06

国庆假期结束后，钢琴老师还没有来，我知道我不能再等了，我得主动做点什么，否则我的一生都会耽误在这个不靠谱的培训学校。

在培训学校楼下的一家拉面馆里吃午饭的时候，因为可供就餐的桌子太少，一个背着吉他的男生跟我坐到了同一张桌子。

我隐约记得，他是吉他班的学生，我偷偷去听乐理和视唱课的时候，有看到过他。

他长得不帅，但个子高高的。我会对他有一点印象，是因为他每次看到我，都对我笑——只是笑，并不主动说话。即便是坐到了同一张餐桌，他也没有要主动跟我聊天的意思，只是笑了笑，然后就低头玩起了手机。

他的笑里没有恶意，但也不是那种老好人式的对谁都一样的笑。我想他应该是对我有好感的,起码从外表上来说是这样,我不是那种美艳的女孩,但如果衣服穿对了的话,看上去也还算清秀。

像他那样的微笑,我在读高中的时候也遇到过,都来自腼腆的男生,一笑而过之后,什么也不会发生。除了来自学业的压力之外,我天生也不太喜欢主动结识陌生人。

但此一时彼一时了,在夷市,有爸妈的庇护,我不需要朋友。在"魔都",我孤家寡人一个,没有朋友,就没有路走。

抱着多个朋友多条路,无路可走的时候要主动求变的态度,我先开了口:"你也在楼上学吉他?"

"嗯。"他放下了手机。

"我是想问下,你对这个学校了解多少?我是来学钢琴的,但是来了一个月了,还没见到钢琴老师。校长说假期后老师会来,但今天还是没看到。"

"你可能被忽悠了。"他点的盖浇面到了,他一边吃,一边回答道。

"忽悠?这话怎么说?"

"这个学校看似什么班都有,但其实主要就是学吉他和形体。教形体的是校长的老婆,教吉他和乐理知识的是校长的弟弟,你要是学钢琴,得另外请老师。如果学生多,校长肯定会从音乐学院请个老师过来兼职,但现在就你一个人学,他们肯定不会为了你单独请个老师,你的学费还不够给老师开工资呢。"

"那就是说,校长在骗我,如果之后没有人跟我一样报名学钢琴,我就得一直等下去?"

"没错,如果你时间充足的话,等一等也无妨。"

"我没时间了,我还想早点学会了好靠弹钢琴去赚钱呢。"

"赚钱?怎么赚钱?"

"一些高级餐厅不是会请人去弹钢琴吗?"

"要是这样的话,你学吉他也可以啊。你要是现在转去学吉他,校长也不会多收你的钱的,而且学吉他出路更多,还可以组乐队,去酒吧驻唱,上音乐节。"

"我不太喜欢吉他,我喜欢钢琴,而且我也不太会唱歌,我都是乱唱的,没学过。"

"这年头在酒吧唱民谣的不都是乱唱?不过说到这个,你想学唱歌吗?"

"咱学校有这个班?"

"咱学校啥都有,不过你得等。你要是不想等,我可以介绍你去一个专业老师那里。"

"专业老师?"

"没错,比咱们学校正规多了,一对一教学。"

"那会不会很贵?"

"比培训班肯定是贵不少,好的专业老师一节课至少六百。贵还是其次,主要是学习专业的练声很枯燥的。如果只是把唱歌当兴趣的话,学那个也没啥用,但你要是想把唱歌当一技之长,想靠这个养家糊口安身立命,就有用,而且不仅仅是有用,甚至可以说物超所值。"

"那我可以去试试,你能给我个联系方式吗?"

"我的还是专业老师的？"

"都给我吧，多个朋友多条路。今天太谢谢你了，这顿饭算我请你吧。"说完我就拿出钱包埋了单。会选择在这样的地方吃饭，是因为我实在浪费不起了，但再穷，饭还是要请的，这也算是打肿脸充胖子了。

"你叫陈木？"发送微信验证的时候，我看着他的微信名问了一句。

"没错，是网名，也是真名。你呢，怎么称呼，我备注下。"

"我叫凡佳玮，你就叫我佳玮吧。"

"好嘞！那我走了，你继续吃，咱们回头微信聊吧。"

"好好好，今天谢谢你了。"我连说了三个"好"字，算是建立了到"魔都"后的第一条人脉，接下来的路，也多少清晰了一些。

我决定再等一个月，如果钢琴老师还是没来，我就不等了。在等待的这个月，我也不去上什么形体培训课了，我先跟着专业老师学学唱歌，等学会了唱歌，就像陈木说的那样，可以去酒吧驻唱，可以参加歌唱比赛，可以组乐队，歌手赚钱的路子比乐手多多了。我的梦想是做一个音乐家，唱歌也好弹琴也好，都是和音乐相关的，也不算是背离了梦想。

被动地等待总是不如主动出击见效快，离开家之后，我发现我成长的速度明显变快了。可能所有的花朵，都要离开了温室，才能长得更强壮一些吧。没有老师，我就主动去寻找老师；钱要用完了，我就放弃那可怜的自尊心去寻找工作。毕竟我已经成年了，选择了这样的生活，就要有这样的担当。

07

一到傍晚，小区中央的广场上就会聚集一群大爷大妈，他们伴随着震耳欲聋的音乐跳舞的时候，我总是会联想到我的爸妈，他们很快也要到这样的年纪了，是不是也会加入这样的队伍呢？我在感到好笑的同时，也感到心酸，人的一生太短了，短到来不及追梦，一生就用掉了大半。

陈木帮我约了周末去见老师，我想如果我真的拜对了老师，学有所成，那是不是可以早点回家见父母了呢？

我也不知道我为什么会冒出这样的念头。梦想是我的，生活也是我的，我却总是觉得，我做这一切，是为了证明给父母看，我所有的努力，都是为了再见到父母时他们能够尊重我。

或许是内心深处渴求了很多年的和解吧。从父母不让我弹琴开始，之后的几年几乎没有一个称得上愉快的回忆。

或许我根本没有什么梦想，我所做的一切，只是为了回到童年，回到那个温暖的家庭。我所做的一切，只不过是为了让父母接受我理解我，不再苛求我成才，不再苛求我为了他们的面子而奋斗。

但无论怎么想，生活已经变成这样，当我迈出追求自由的那一步的时候，就应该明白，有些事情是无法回头的，那些隔阂，也不会随着我的成功而消失。父母和我永远隔着跨不过去的代沟，我前进一步，父母便前进一步。每个人的时间都由不得自己，没有谁会停下来等谁。

不过话说回来，我还是有点好奇，我走之后，父母的生活会变成什么样子？他们会不会为了找我，把夷市给翻个底朝天？一想到他们翻箱倒柜找电话本，再连夜一个一个电话打过去的场景，我就不由得一阵心慌。我不想被找到，更不想让所有和我有关的人都知道我离家出走了。我只是想把这作为自己的事情，最多作为家事来处理。但父母肯定不会如我的愿，在他们眼里，小孩子应该是没有隐私权的，他们会把我离家出走的事情搞得人尽皆知。

记得小学二年级的时候，家里的生意刚有起色，结果合作了很久的供货商却突然跑路了。为了追回自己的十万块钱，报警之后，父母还亲自跑到供货商的住址附近去挨家挨户地打听对方的消息，最后在新疆临近哈萨克斯坦的一个边境小村把对方给揪了出来，前前后后统共用了十天，赶在了警察之前。可惜当时那个人已经是个穷光蛋了。虽然钱没要回来，爸妈的威名却是在夷市传开了。走在街上，但凡是认识他们的人都会主动退让三分，甚至一户人家养的藏獒都知道后腿跪地停在路旁。

由此可见，只要是爸妈想找的人，就没有找不到的。他们在任何事情上，都不允许自己失败。

但如今我已经消失两个月了，父母那边却一点动静都没有，莫非"魔都"比新疆还要偏远吗？还是……他们根本就没有找我的意思？想到这里，我心里一凉。在那个小城，重男轻女的现象虽然不多了，但也并没有完全灭绝。父母虽然从未因为我是个女孩而嫌弃我，但有时候也会不经意地流露出如果我是个男孩就好了的心愿，甚至给我起了一个中性的名字。而且现在已经开放了二胎政策，像我这样的坏孩子，或许弃之不管是最好的选择吧。虽然骨肉亲情无法隔离，但这几年我们的相处，实在是形同陌路。

　　站在冰冷的阳台上,我不敢再想下去。

　　或许这都是老天爷的安排,故意让爸妈找不到我,好让我能够不被束缚地实现自己的梦想。

　　一定是这样的。

谎言说了一千遍就是真理,更何况"上学改变命运"并非是一句谎言,而是真理,只不过这真理过了期,变了质,而芸芸众生,还蒙在鼓里,不知道随机应变。

第三章

不主动就改变不了现状

01

我几乎是憋着气走进去的。

连着两个礼拜的阴雨让这座本就照不到阳光的、破旧不堪的办公楼散发出令人作呕的腐朽气息。这腐气同食物腐烂发酵的味道截然不同，它没有任何酸臭感，只是单纯的潮湿混杂着一股子说不清道不明的沉闷感。

这是从小生长在干燥北方的我从未体会过的味道，一种"男人闻了会沉默，女人闻了会流泪"的让人怀疑人生的味道，仿佛你年纪轻轻的就要烂在这潮湿、破败、肮脏的地方了。

我按照地址上写的，乘坐电梯上到九楼。一出电梯门，一块塑料泡沫板就立刻闯入我的眼帘，并且霸道地占满了我的视线。那是一块审美依旧停留在十年前的广告板，左侧有某著名主持人的肖像，也不知道她到底有没有给他们代言，更大的可能应该是他们无知且霸道地侵犯了人家的肖像权。整块板的底色是橙色，像一块巨大的警示灯。正中间用白色加粗楷体赫然地印着四个大字：上榜教育。再往下貌似是他们的口号："今朝选择上榜，明日榜上有名！上榜教育，沪上教育领导品牌"。

最后为了显示自己的"高大上"，还不忘加上公司名称的英文缩写：SB Education。

感觉这个老板不是脑残就是缺心眼，哪有开个培训机构还起个名叫"SB教育"的。

不过这也不是该我管的事儿，只要他们能要我给我发工资，叫什么也无所谓。我需要钱来解决我学唱歌的学费问题。

那天告别陈木回到家之后我算了笔账，不管我怎么省吃俭用，房租是免不了的，饭也要吃，如果一节课六百，很快我就会花光手上的钱。所以在花光之前，我必须得找份工作，直到我有一天可以靠音乐养活自己。

然而年仅十八岁，又没有学历的我，在这个社会上要想找份靠谱的工作，真是难上加难。我出去逛了几天，发现除了端盘子、扫厕所那些纯体力活，我就只剩下干销售这一条路了。置业顾问是个不错的选择，可是那太占用时间精力了，我还要用来学习，实在浪费不起。

最后再三权衡利弊，我发现在教育机构打工要轻松得多（尽管这或许只是我的一厢情愿）。而且说实在的，"魔都"的房价那么高，新"魔都"人里有能力送孩子上培训班的肯定比有能力买套房子的人要多得多。

于是乎我就来到了这个传说中的"上榜教育"。

与其说他们是教育机构，不如说就是个稍微大点的工作室。这一天是周五，又是上午，学生们都被关在学校里，所以整个机构还显得比较空旷，但是不难想象当这些所谓教室里都坐满人的时候，怕是连转个身都困难。

我对前台的工作人员说我是来面试的，她立刻热情地将我引向里面的办公室。明明是来面试的，是来求着对方给我一碗饭吃的，却得到了异常热情的接待，这让我对这里有了一点点好印象。只可惜这印象没有维持多久，很快我就发现，做销售工作的人，对谁都热情。

最里面的办公室里只坐了销售主管一人,是个三十出头的女人。在这里,不管什么人都要统称为"老师",而我面前的这位是负责招生的"李老师"。我进去的时候她正在专注地整理着面前一摞摞的资料,我瞥了一眼,只见上面写满了姓名和电话。

在示意我坐下后,她似乎并没有停下手中工作的打算,只是抬头看了我一眼,然后就问起了套路化的问题。

"多大啊?"

"十八,快十九了。"

"叫什么名字?"

"凡佳玮。平凡的凡,上好佳的佳,伟大的伟换成王字旁。"

"什么学历?"

"高中毕业。"

"之前有过工作经验吗?"

"就在我爸妈的店里帮过忙,别的就没了。"

"这么说就是有过销售经验咯?"

"算是吧。"

"站起来让我看看。"

我按照对方的指示站了起来,感觉自己此时此刻就像一只被放在动物园里展示的猴子。

"可以,看着还挺精神。"

虽然是对着我说的,但听起来更像是对方的自言自语。

"什么时候能来上班?"

"随时都可以。"

这样就通过了？简直太难以置信了。我恨不得立刻冲过去抱抱对方。

"那行，那就从现在开始吧。正好下午有活儿，你可以跟着学点东西。工资是这样的，试用期间底薪两千，谈成一个学员有3%的提成。三个月试用期通过后，底薪三千，8%的提成，干得好有奖金。我们这边中午包吃，不包住。有什么异议吗？"

"没有，没有。谢谢老板，谢谢老板。"

既没有在我的年纪上大惊小怪，也没嫌弃我的学历，这么容易就录用我，我赶紧巴结，生怕对方突然反悔了。

可能是我表现得太殷勤了，对面的女人故意咳了一声，然后严肃地说道："在这里，没有什么老板不老板的，统一叫'老师'，这是你要学的第一点。剩下的注意事项和要点都在这里了，你等会儿就好好看起来吧，务必要烂熟于心。"

说完这席话后，"李老师"给了我一本A4纸装订的薄册子。

02

虽然手里拿的只是一沓纸，但在翻阅的时候，我仿佛看到了大把的人民币。

大把的，属于我的父母的，被教育机构骗走的——人民币。

册子上详细说明了"魔都"的中高考政策、教育方针，还有——"针对学生家长的百问百答"。

典型问题：有家长会询问机构内是否有重点学校的老师。

标准答案：有华师二附（"魔都"著名高中之一）的老师，您能告诉我孩子的情况吗？

答案备注：善意的谎言（没有和华师二附老师接触过）。

典型问题：家长从未听说过上榜培训机构。

标准答案：现在已经很少有家长没听过上榜的了。

答案备注：注意要表现得很惊讶。

典型问题：家长说孩子目前不需要辅导。

标准答案：问孩子学习成绩，然后就说"这种情况再持续下去就相当危险了"。

答案备注：提高家长的紧迫感。

典型问题：孩子成绩不错。

标准答案：那您家孩子有择校的能力呀，但考重点光靠学校老师教是不行的，得优中选优。针对择校的孩子，我们有专门的辅导……

典型问题：孩子学习一般。

标准答案：如果家里经济状况允许，明智的话，给孩子投资，即使择校不成，也可以在争取划片时考进实验班。我们这里的××学员，来时成绩中下游，后来通过学习提了三十多分，考进了重点校的实验班。

典型问题：孩子学习较差。

标准答案：这就是典型的过去基础没打好，这样下去的话，未来成绩还得下滑，得赶紧补课。

……

种种诸如此类的问题，看得我触目惊心。一想到过去我的父母就是被这种浅显又低级的套路骗得交了一笔又一笔钱，我就倍感心痛；更让我心痛的是，此时此刻的我居然正在与敌人为伍！不行，我得告诉刚刚那个什么狗屁"李老师"，这工作我干不了！

正当我站起身准备走向最里间的办公室时，一个穿着劣质西服套装裙的女人朝我走来，近看才发现她还化了淡妆。未张口她便已是笑容满面："哟，这就是新来的同事吧？你叫什么名儿呀？"

"凡佳玮。平凡的凡，上好佳的佳，伟大的伟换成王字旁。"

我条件反射似的脱口说出这一番最近两个月不知道说过多少次的自我介绍。真是奇怪，过去在老家，可能几年都说不了这么多回自我介绍，哪怕是升学的时候，教室里坐的也多半是相识的人。然而到了大城市，一切重新开始，就连我也好像变成了一个全新的人。

"凡佳玮，这名儿好听啊。以后我就叫你小凡了，你看好不好？"

"好好。"

这是我到"魔都"以来，第一次有人主动跟我结交，而且讲话还是我再熟悉不过的北方口音，让我不自觉地对她心生好感。

"那啥,我姓王,以后你就叫我王姐就成了。"

我还没开口,旁边不知道谁喊了一句:"什么王姐啊,明明就是凤姐!"

"去你的!"王姐冲一旁打岔的职工没好气地骂了一句,又赶忙向我解释,"小凡啊,你别听他们瞎扯。那啥呀,我全名叫王彩凤,东北人。俺们那儿的起名儿都喜欢叫啥龙啊凤啊的。过去'凤姐'这词儿也没啥不好,这不都是那谁火了之后,喊人'凤姐'跟骂人似的。"

"哈哈哈哈——"我被凤姐——哦不,王姐这番话逗笑了,但是看到对方有些不高兴地沉着脸,又立刻收敛了笑容,"王姐你别生气,我的名字也没好到哪去。佳玮佳玮,听起来多土。我爸妈本来一心想要个男孩儿的,结果是个女孩儿,索性起了个男孩儿名字。"

王姐并没有接茬,而是岔开了话题:"行了行了,不说这个了。小凡你也饿了吧?这都十二点了。走,咱下楼吃饭去。吃完饭咱俩还得一道儿去干活儿呢!"

被王姐这一打岔,我一时竟忘了我要辞职的想法。等回过神来的时候,那股子义愤填膺的正义感,全被没钱的恐惧给磨灭了。

03

上榜教育的根据地虽然破旧,但是下午随着王姐走了一遭后,才发现这选址可真是大有文章——这附近几乎每步行十分钟就有一所学校，从小学到高中，甚至幼儿园，真可谓是一应俱全。

这一天我们的重点攻破对象是初中生，尤其是那些即将面临升学的初三学生。下午两点我们就到附近的H中蹲点——哦不，等候。第一批出来的应该是预初，也就是所谓的六年级学生，还有初一的学生，大约在三点半左右。到了四点钟，初二的学生会从校门狂奔而出。最晚出来的是毕业班的学生，基本要到将近五点钟才能"解放"。

等待的时间里，王姐正给我进行着上场前的最后培训。

"记住啊，等会儿千万不能不好意思。尽量挑那些一个人回家的，如果是那些三五成群的学生，他们基本不会搭理你。还有啊，找那种看起来面善、好说话的，虽然学生里面也没有几个不好说话的。"

得，干这行还得会看相。当然这些吐槽的话只能放在心里，我能做的只有点头表示"明白了"。

"要是对方不搭理你，或者想拒绝，就一定要一而再再而三地搭茬，要懂得循循善诱。李老师给你发的那本教材里肯定也提到了一些对应的回答。反正就一句话，一定要脸皮厚！"王姐喝了口水，继续说道，"你要记住，咱们是'为人民服务'的，干的都是好事儿。把祖国的花朵给培育好了，就是为祖国的发展打下了坚硬的基石。这么说来，党和人民还欠咱一面锦旗呢！千万别觉得自己是在坑人，他们交钱，我们提供服务，大家各取所需，这是双赢。"说完这席话，像大多数领导都会做的那样，王姐轻轻地拍了拍我的肩。

他们交钱，我们提供服务——这话怎么听着这么别扭呢。

"怎么了小凡,有什么问题吗?"

"啊……没……没有。"

王姐突如其来的提问让我感觉自己像是个做坏事被抓了现形的贼,就连说话都不自觉地结巴起来。不过说起问题,我还真有一个。

"对了,王姐,咱们这么拦着同学要电话啥的真的有用吗?一般的小孩儿在这个年纪不都只想着玩儿吗?谁愿意去补课啊?"

"哟,这你就不了解了吧,"王姐被我的问题给逗笑了,"那些预初的小朋友可能还满心想着玩儿,但是初三的可就不是了。你以为网络上那些成功学的段子影响的只是大人啊?小朋友们也是会看的!尤其是面临着升学考的时候,老师、家长多方施压,甚至还有不少孩子会主动要求去补课呢!"

"不至于吧?"

"怎么不至于!这个社会是很残酷的!谁都不想输在起跑线上,更何况这些孩子都十几岁了,早就过了起跑线了,只能铆足了劲儿地跑。"

仔细想来,倒也是这么回事儿。别说他们了,自己以前那帮同学不就是这个样子吗?

起初一个班或许只有那么几个人会去补课,后来发展成十几个,到最后一个班的都在补课,如果不补课反而会显得你像异类。大家聚在一起聊天的时候,还时不时地会说起哪家补课机构比较好,哪里的老师比较靠谱。就算是那些本身成绩不错,不想补课的同学,也会因为身边的人都在补课而产生从众心理。最后,无论是真的为了提高成绩还是为了找安全感,一个班乃至一整个年级、一整个学校的学生,双休日都是在补课班度过的。

　　谎言说了一千遍就是真理，更何况"上学改变命运"并非是一句谎言，而是真理，只不过这真理过了期，变了质，而芸芸众生，还蒙在鼓里，不知道随机应变，不知道三十年前的机会，现在也许是个坑。

　　忽然，耳边响起了熟悉的音乐，是著名的萨克斯风曲《回家》。这时，王姐扯了扯我的衣袖，向我使了个眼色："等会儿你先站在一边不要说话，看我给你演示。"

04

　　第一个从校门口冲出来的是一个圆头圆脑的小胖子，脖子上还戴着红领巾，看样子也就十一二岁，应该是预初的学生，这要是放在我们老家，也就是个小学生。

　　"王姐，咱不上去？"我轻轻地问道。

　　"先不急，"王姐继续紧紧盯着校门口，"像这种刚响放学铃就冲出来的小朋友，一看就是年纪还小、玩儿心特别重的，你跟他搭茬多半也没结果。我们的主战场在初二初三的学生，前面这些小喽啰里面，尽量挑看起来面的。"

　　"要挑面的，"我嘀咕道，"怎么跟捡土豆似的。"

　　正在这时，王姐一把拉起我朝前走去。

"同学你好!"

王姐迅速地摆出了那张让人难以拒绝的笑脸。虽然不知是真心还是假意,但是王姐身上确实有一种不一般的亲和力,很容易取得别人的信任。

"请问你现在读几年级呀?"

"初一。"

面前的女孩瘦瘦小小的,鼻梁上架着白框眼镜,看起来十分娇弱,好像下一秒就会被身后大得不像话的书包压倒似的。

王姐按照女孩所说,迅速地在手上的信息表上钩上对应的一栏。

"你们快要考试了吧?最近是不是学业很忙啊?"

女孩轻轻地"嗯"了一声。

"平时成绩怎么样呢?在班上能考第几名?"

寒暄过后,终于切入了正题。

"前十名左右吧。"

女孩的口吻里还带着点炫耀的意思。

"哇,那是学霸呀!那你有什么特别擅长的科目和相对比较薄弱的吗?"

"语文和英语比较好,数学的话稍微差一点。"女孩如实地答道。

"那你想不想提高提高数学成绩呢?"

女孩点点头。

"这样吧,你能不能在这里给老师留一下你的姓名和电话,还有你家长的?下周末我们会举办针对期末复习冲刺的讲座。"

女孩明显地犹豫了。

王姐又一次笑了,补充道:"你放心吧,这是免费的。我们不会强行做广告的。到时候你和你的爸妈可以一起来我们上榜教育听讲座。"

听到王姐许下了承诺,女孩才放心地写下了自己的信息。

"好的,谢谢同学。祝你期末考出好成绩!"

见女孩走远,王姐长舒一口气,趴在我耳侧低声叮嘱道:"你也看到我刚才做的了。和学生交谈的时候千万不能一上来就表明自己的身份,得先寒暄,而且一定要在最后表明咱们不是来打广告的。"

"那那个所谓的讲座是不是真的呀?"我好奇地问道。

"这个当然是真的啦!不然怎么进一步拉客?咱得一步一步来。"

"哦——"我点点头。

"小凡,快看,那边过来个男孩。这次换你去跟他交谈,练练手!"

"啊?我不行吧……"

"别废话了,再不去人就跑了!"

话还没说完,王姐就一把把我朝男孩的方向推出去。

又是个戴眼镜的小朋友。难道在王姐的判断标准里,所谓的"看起来面""看起来好说话"就是指戴着眼镜看起来斯斯文文的?

"同学你好!"我学着王姐的样子,尽量笑得和蔼可亲。

男生没有理我,仍是自顾自地走着,低头玩手机。

"同学你好!"或许是没听见?我又说了一遍,还特意抬高了声量。

"我——不——好——"男生没有抬头,故意拖长了每一个字的音节,语气里还带着怨气。

这让我有些懵了,抬头看向王姐。她正挤眉弄眼示意我继续问话,眼睛一眨一眨的像是里面进了沙子。

没办法,看来只能硬上了。

"怎么不好啦,同学?"我故意捏起嗓子,像哄小朋友一样对他说话,"是不是因为考试要到了压力大呀?"

"别——再——来——烦——我——了——"男生终于停止了玩手机,生气地看着我,"都是因为你们!老子才会吃处分!"

说罢,他疾速从我们身边走开,走到一半还不忘回头"呸"了一声。

我莫名其妙地愣在原地,王姐拉起我的手就跑。

"这是怎么回事?"

"哈哈哈哈,没想到今天见着本人了。"

见王姐忽然笑了起来,我更加一头雾水。

"前阵子小徐说他打电话的时候,接电话的是H中的老师。一问才知道,不知道哪个同学在家长电话这一栏写了自己班主任的手机。你说这是多恨他们班主任啊!当时把那老师气的,扬言一定要好好惩罚他,还谢谢我们告诉他是怎么回事儿。哈哈哈哈——"

王姐笑得前仰后合的,我却一点也高兴不起来,毕竟挨骂的人可是我。

"你不是看人挺准的吗,怎么会选了这么一个调皮蛋让我练手。"

"哎呀,火眼金睛也有失灵的时候嘛!说不定那孩儿是红孩儿转世,专克孙悟空的!"

我没再多说话。王姐为了表示歉意,就没有再派我单独去跟学生交谈了。在前前后后填满了三十张学生信息表后,天色渐渐暗了下来,校门口的家长开始变多了。

"家长侬好！阿拉是上榜教育的老师。"

应付家长的时候，王姐收起了亲切得有些夸张的招牌笑容，转而换上更加含蓄、职业化的笑容，说话的时候甚至还故意混淆了平翘舌音，收起东北腔，转而变成南方的吴侬软语版的普通话。

"侬好。"

面前是一位中年妇女，身上穿着墨绿色的针织衫，手里提着菜篮子，头发扎成松散的马尾，鬓角已经有了些白发。听王姐的口音不像外地人，妇女也讲起了"魔都"话。

"您是初三学生的家长吧？"

"是呃。"

"是这样的，您也知道他们快要期末考试了，这一次期末考试是他们的第一次模拟考，区里是要排位的，甚至还直接影响了接下来的自主招生和学校推荐。"

"嗯，吾晓得呃。"

妇女表现得很淡定。

"不知道您家孩子平时成绩怎么样？"

"还不错。"

妇女露出了自豪的笑容。似乎是为了让四周的人和我们都听清楚，她故意用了带点南方口音的普通话说。

"哟，那就是很有可能获得自主招生和学校推荐的名额啦！"

听到恭维话的妇女并没有回答什么，只是笑着点了点头。

王姐顺势递给她一张传单,继续说道:"正好我们下个周末要举办针对这次考试的讲座,到时候会有区里面的教研员(教育局里专门负责命题的老师)过来。"

一听到"教研员"三个字,周围的家长纷纷聚拢过来,王姐手中的传单不知不觉就发出去了一大半,还有不少家长加了王姐的微信。站在人群中间举着手机的王姐莫名地看起来像个英雄。不过要真能拯救一两个失足少年,又何尝算不上是英雄呢?

当然,前提是真的能拯救。

转眼放学铃第三次响起。这一次没有学生踩着点从校门冲出来,而是过了五分钟之后才陆陆续续地有人背着书包走出来。如果说三点半出来的那批学生看起来还是活蹦乱跳的小朋友,现在出来的初三学生却已经有不少看起来死气沉沉的了。

自然还会有三五成群说说笑笑的人,但是也不乏一路都低着头默默不语的,脸上的表情说不上是愉悦还是忧伤,更多的是麻木,仿佛一具行尸走肉。这不禁让我想起自己刚刚逝去的高三生活——

每天都被压得喘不过气,也不知能够向谁说心事。最爽的时刻莫过于回家路上那短短的十分钟,在月光下戴上耳机,整个世界好像就剩下我一个人了。耳机里循环播放着 *It's My Life*,强劲的鼓点,动感的吉他,让浑身的血液都沸腾了起来。

据说人们喜欢摇滚是因为摇滚乐喧闹的节奏和声音同人们在母体里时所感知到的外部世界是一致的——混沌又躁动,一切都好像被放大了。这种相似的体验会让人们忆起在母体里时那种被包裹的安全感。

不过这首歌最戳中我的还是高潮部分的歌词:

It's my life

这是我的人生

It's now or never

把握现在,机会稍纵即逝

I ain't gonna live forever

我不希望长生不死

I just want to live while I'm alive

我只想趁活着的时候认真地生活

It's my life

这是我的人生

向死而生,不顾一切。

再不管别人的目光、社会的枷锁,只要对得起自己,过自己想要的生活。

这种与我心灵深处的渴望高度重合的呐喊总能让我在其中意淫出一番理想中的生活,带给我这个困顿于不尽如人意的现实却又怯于改变的懦弱者一丝宽慰。

"走啦,小凡。今天战果累累,姐请你吃饭!"

王姐的话一下又把我从无限的思绪中拉回。

05

"咋样啊,小凡,今儿学到点啥了不?"

桌对面的王姐呷了一口啤酒后突然问道。

"学到了挺多的,不过也有挺多问题的。"

"你问。"王姐边嚼着拍黄瓜边说道。

"你和那些家长说话的时候干吗要故意学他们说话?这样多累呀。"

"这你就不懂了吧!"王姐放下筷子,喝了一口啤酒,"他们'魔都'人啊,虽说人不坏,但是排外得很。你要是不学他们说话,他们会把你当外地人,就不容易买你的账了。对那些本地的家长来说,哪家机构教育质量好并不重要,哪家是本地人开的才重要!"

我点了点头。一想到自己以后也要这样招揽顾客,就感到一阵头疼。

"那教研员呢?真能请到吗?"我继续问道。

王姐用纸巾擦了擦嘴,又笑了:"能找到教研员是不假,但人家可是很忙的,哪有工夫过来给你开讲座?最多花钱卖给你一些内部资料,还未必是什么有用的资料。"

"啊?那咱这不是在骗人吗?"

"哎呀,要姐跟你说多少遍,咱是'为人民服务',或许图点财,但绝对不害命。"

"但我还是觉得有些过意不去……"

"有什么过意不去的啊。"王姐吐掉嘴里的鸡骨头,严肃地看着我,

"这么说吧，咱现在在的这家馆子，名儿叫'东北人家'，实际上却是河北人开的，但人家做的东北菜味儿倒也还不错，你能说人家是在骗人吗？同样的，咱们单位虽然这回没请到教研员，但也是找了专业的老师去分析考点，你能说咱这叫坑蒙拐骗吗？再往深了说，这些所谓的考点其实那帮学生早就在学校里听老师说了千八百遍了，之所以再跑到咱们这儿听咱白话，为的是啥？不就为个心安嘛！人家要心安，咱们给心安，这很合理嘛！"

我低着头默不作声。虽然心里并不支持王姐的这些理论，但却无从反驳。

"唉——"好像是看穿了我的心思，王姐叹了口气，语重心长地说道，"你还年轻，刚步入社会，觉得不好受也正常。想当初我也是花了老长时间才适应。不过姐还是得以过来人的身份告诉你，这个社会是很险恶的，大家相互忽悠来忽悠去，到最后谁能忽悠过对方，谁就赢了。只有赢了的人，才有资格生存下去。"

见我依旧情绪低落，王姐夹起一块鸡肉说道："行了，咱不聊这个了。小凡啊，快尝尝这家的小鸡炖蘑菇，可好吃了！再不吃就凉了。"

我望着碗里浸过酱油的黑乎乎的鸡肉，忽然觉得一阵反胃，就像看见了助纣为虐的我自己。我不曾杀过这只鸡，但若没有假慈悲的我存在，也许它们就不会死。

为什么有才华的人不努力地去搏一把，而是看着所有的机会被那些平庸之才给浪费呢？如果不能站在更大更广的舞台上唱歌，那岂不是平白埋没自己人生所有的可能性？那时候的我刚刚离开家，满心的想法就是非得做出一番事业证明给父母看不可，而我不知道的是，其实人生本就没有什么可以被证明的。成与败，沉与浮，一切不过须臾，为了刹那间的虚名丢弃自我，那才是得不偿失。

第四章

先解决生存问题再考虑生活质量

01

随着好天气的到来,一切都变得明朗起来。虽然晴朗的日子似乎比前一阵的雨天更要冷上几分,我却依然难掩内心的愉悦。因为在培训班同学陈木的指引下,我终于找到了靠谱的声乐老师。

在古代,拜师很重要,拜对了师父,成功的几率就非常大,像鬼谷子、孔子都可以算是名师。到了近代,胡适、鲁迅也是名师,而且他们还去大学任教。而现在呢,大师常常不在大学里教课。就算你天资聪颖,没有大师的提点,也很难学有所成。

根据陈木提供的地址,我七拐八拐,走到了一个老式小区。对应了下门牌号,确定没错之后,我就小心翼翼地敲响了房门。

开门的是个男人,看起来在三十五岁左右,留着干净利落的分头,身着米色的亚麻中山领衬衫,下面配一条黑色的亚麻宽松裤子。下巴上有一撮黑色的胡须,看得出来是精心修剪过的,并不显得凌乱。没有耳环更没有鼻环舌环,男人的眉目间透露出隐隐的淡然气息。

在我的印象里,那些所谓搞音乐的艺术家,就算不留着脏辫,怎么也得剪个遮住半边眼睛的刘海,又或者穿一些满是铆钉的衣服,而眼前的人穿着如此朴素,眼神里也看不出任何的愤世嫉俗。这番模样与其说是个声乐老师，我倒更愿意相信他是个修道的，没事儿就读经辟谷，仿佛下一秒就要飞升。

"快进来吧，外面冷。"

老师拿出拖鞋，招呼我进去。

一进门便是一条狭长的走廊，左侧有卫生间和厨房，右侧是起居室，走廊尽头是全屋最大的房间，既做会客厅又当教室。房间里的陈设十分简洁，靠墙的地方摆放了一张木质的小桌子和三张椅子，桌子上放了整套的茶具。桌子对面的墙边放了一架电子琴。靠近门的地方摆放着电脑和麦克风，麦克风有两个，一个是手持的，另一个用夹子固定在桌子上，上面还挂着一副森海塞尔的头戴式耳机。

这就是全部的家具物品，剩下的便只是阳台上那些翠绿的植物了。

由于所有的东西不是靠着墙就是靠着角落的，所以整间屋子显得十分空旷。

坐在椅子上的老师并没有开口讲话，而是专心地泡着茶。先是用木头夹子从茶叶盒中取出一些茶叶放入壶中，随后倒入热水，再将壶里的茶倒入三个小茶杯中，接着换一个木夹子拾起茶杯晃了晃，让茶水恰到好处地沾到杯中的每一个角落又不至于洒出来，最后才将杯中的茶水一并倾倒在放茶具的托盘里。托盘是中空的，侧面有一个排水的管子可以让不需要的水顺着它流到地上的废水桶里。

老师又一次在茶壶中添满热水，然后再给三个杯子里都斟满茶。

"喝茶吧。"

像是完成了一件艺术品，老师的脸上浮出满意的笑容。

虽然手法不及专业吃茶店师傅优雅,却也是比常人喝茶要讲究不少。这份考究让我第一次觉得喝茶也是如此庄重、有仪式感的事。我小心翼翼地托起茶杯,竟有些舍不得下口。茶叶呈淡淡的金黄色,和这内里为白瓷外面为黑陶的精致茶杯相得益彰,宛若手捧着一块晶莹的琥珀。

轻轻地抿上一口,嘴里就溢满清香。过了一小会儿竟忽然觉得呼吸变得更加通透了,喉咙处还感受到一股淡淡的桂花香甜。这种妙不可言的滋味改变了我对茶叶的看法。过去父亲喝茶基本只会买一些便宜的茶叶渣,泡出来的茶水除了苦味就觉不出别的来。哪怕是偶尔有人送他一盒好茶,他也只会把茶叶放到他那个沾满了茶垢的杯子里,随意倒上点开水便喝了起来。就算那茶叶的味道本是不错的,被他那么一糟蹋,便也尝不出来了。

"这是我们潮汕的凤凰单枞,桂花香的。特意托朋友帮我从老家那边带的,你觉得怎么样?"

"好喝!比我爸平时泡的茶好喝多了!"

老师被我逗笑了,无奈地摇了摇头,同时为我续上第二杯。

"听说你想过来学唱歌。"

两杯茶下肚,切入了今天的正题。

"嗯。"

"那你以前有受过什么系统的声乐训练吗?"

"没有……"我犹豫了一下,最终还是决定把刚到"魔都"时被骗进那个没有专业老师的艺术培训班的事情撇开不谈,"不过小时候倒是有学过一点舞蹈钢琴什么的。"

"哦……"老师边说边点头，像是在思索什么，顿时让气氛变得紧张起来，"没有学过反而好办啊。"

话罢，他竟忽然笑了起来。这让我本来提到嗓子眼儿的心一下子放了下来。

"今年多大啊？"

"十八。"

如实回答自己年龄的时候，我的脸涨得通红，生怕下一秒得到的回应是长辈之于晚辈的教育。

"那还很年轻嘛，所以现在是在'魔都'这边读书吗？"

一提到"读书"两个字，我又不自觉地想起那天从机场逃跑的情景。虽然并没有做什么伤天害理的事情，但每每想起来，又觉得像是犯了什么羞于启齿的大错。

"没有读书了，我想学唱歌，当歌手。"我红着脸，直接说出了心里的想法。

"年轻人有自己的想法是好的。我姓林，你以后叫我林老师就好。"

从进门到现在过了足足有一刻钟的时间，老师终于做了自我介绍。

"好的，林老师。我叫凡佳玮。"

"佳玮，你先随便唱两句让我听听看。"

"哈？"

这还什么都没学就让我唱，而且还是面对一个第一次见面的陌生人，我有点不好意思。

"没关系的，随便唱就好。"

话已至此,看来不唱也不行了,况且只有发现问题才能进步。于是我便站起身,背对林老师,朝着窗户的方向,自顾自地唱了起来:

这一次我执着面对,任性地沉醉

我并不在乎这是错还是对

就算是深陷,我不顾一切

就算是执迷,我也执迷不悔

别人说我应该放弃,应该睁开眼

我用我的心去看,去感觉

你并不是我,又怎能了解

就算是执迷,就让我执迷不悔

我不是你们想得如此完美

我承认有时也会辨不清真伪

并非我不愿意走出迷堆

只是这一次

这次是自己而不是谁

要我用谁的心去体会

真真切切地感受周围

就算痛苦,就算是泪

也是属于我的伤悲

我还能用谁的心去体会

真真切切地感受周围

先 / 解决生存问题 / 再考虑生活质量

> 就算疲倦，就算是累
> 只能执迷而不悔

说好的只是随便唱两句，但是一开口竟停不下来了。那时候的王菲还叫作王靖雯，这首《执迷不悔》是她自己作的词，写的或许就是她自己的心境吧。十八岁的王靖雯曾放弃厦门大学生物系的录取，选择成为一名歌手，这在许多人看来或许是有些愚蠢的做法。倘若没有后来的功成名就，这段经历便不会成为佳话，而是沦为笑柄。

世人就是这样，哪怕亲如父母也难免从众。如若你背弃了世俗的意思走上一条遵从内心的路，那就注定要背负上许多莫须有的骂名。要是成功了，这所有的冷嘲热讽就会立刻幻化成鲜花掌声；要是不成功，只有永无止境的落井下石。

但是如果选择蝇营狗苟苟活于世呢？

那你便早已在做出选择的那一刻死去了。

而我，要做一个有血有肉的活着的人。就算是前路艰险了无希望，我也要执迷不悔。

02

转过身的时候，我看到林老师的嘴角浮上一抹捉摸不透的笑容。

"唱得不错。"林老师说道。

虽不知是真心还是礼貌性的鼓励,总之听到别人这样讲我很高兴。随即,林老师又轻声说道:"你是有那个的。"边说还边用手指着自己的脑袋画圈圈,让我一头雾水。

难道这个世界上会有人没有脑子吗?

我正困惑着,林老师终于说出了他想表达的意思:"天赋,你是有天赋的。"

"谢谢林老师。"

"不用客气。言归正传,不知道你有没有听过SLS体系?"林老师突然严肃起来。

我点点头,想起在网上自学的那点皮毛:"好像是迈克尔·杰克逊的老师创立的体系。"

"嗯。"老师满意地点点头,"这是目前国际上最先进的流行体系。国外的那些歌手基本都是按着这个路子来练,还有国内的林俊杰和王力宏也是SLS体系出来的。"

老师忽然站起身说道:"第一步我们要做的,就是找头声,所谓的头腔共鸣。我听你刚刚唱歌头声还不错的,这一步应该很容易。为了让你对头声有更精准的把握,我先给你做个示范。"

老师张开双脚与肩同宽,手指向窗的位置,与此同时发出抑扬顿挫的"喂——喂——"他的声音十分洪亮,但听得出来并不是依靠蛮力在吼。随着声调的变化,声音也仿佛化作游龙在屋内起伏。

"来,你试试看。"老师笑着说道,"想象声音是从眉心出去的。第

先 / 解决生存问题 / 再考虑生活质量

一声'喂'由下到上,经过地板打到天花板上,第二声再接着从天花板出发,打到前面阳台玻璃那边。"

如此抽象的描述,让我有些不知所措,生怕会出错。

"没关系的,试试看就好。"像是看穿了我的心思,老师鼓励道。

我深吸一口气,学着老师的样子稍稍抬起手,希望借着手的走势找到声音的感觉。在一切就绪后,我也发出了"喂喂"两声。奇妙的是这一切竟然没有想象中那般困难。老师的指示看似抽象,实则却直达要害。想象着自己的声音是一条鞭子,而我是那个挥鞭的人,原本一直被压在喉咙里的声音,竟然变得通透起来,爆发出不可思议的能量。

"好神奇。"我不禁赞叹道。

"神奇的事还在后面呢!声音是可以用来玩的。"

话罢,老师一连发出了四个"喂",声音先是从眉心到地板,再到半空中,接着上升到天花板,最终有力地击打在阳台的窗户上。

我也学着老师的样子让声音在各个维度里自由玩耍,真是一番别样的体验。

这个练习进行了十五分钟后,我们才开始正式的练声。

在练声之前,老师先唱了几句张学友的《饿狼传说》,一张口就让人惊艳。除了林老师在音色上本来就和张学友有些相似,他对歌曲中每一个细节的处理也是细致入微,可以说超越了现在市面上的一大半歌手,更别提我之前在那个"艺术培训班"碰到的什么所谓老师了。那些人和林老师比起来,连麦霸都够不上。

看着我惊叹的表情,林老师只是淡淡地说道:"以后你也可以做到的。"

虽然知道这样发问很不礼貌,但我仍旧忍不住说道:"林老师,你唱得这么好,为什么不去做歌手发专辑啊?"

林老师并未被惹恼,反而笑了,似有深意地答道:"过日子嘛,就像泡茶,沉沉浮浮的,都无所谓啦,况且,没有那么简单的。"

在我再次发问之前,林老师已经把我拉到钢琴前正式开始练声了。这个话题也就这样被跳了过去。

不知道为什么,在听到老师那样说之后,除了对自己的未来平添几分担忧,更为老师的现状而感到一种恨铁不成钢的惋惜。

为什么有才华的人不努力地去搏一把,而是看着所有的机会被那些平庸之才给浪费掉呢?如果不能站在更大更广的舞台上唱歌,那岂不是平白埋没自己人生所有的可能性?

那时候的我刚刚离开家,满心的想法就是非得做出一番事业证明给父母看不可,而我不知道的是,其实人生本就没有什么可以被证明的。成与败,沉与浮,一切不过须臾,为了刹那间的虚名丢弃自我,那才是得不偿失。

一个小时的课很快就结束了,临走前我拿起沉甸甸的小包,才猛然想起还没有和老师商量学费和课时的问题。

"对了,林老师,您这里是怎么收费的,多少钱起交?"

"通常一星期一节课,两个月算一期。费用的话,一节课四百元,一般情况下一节课时长跟今天差不多,在一个小时左右。"

"四百元?可是陈木跟我说……"

"没关系啦,四百就行。"我的话还没说完,林老师便打断了我。

"好的,好的,谢谢林老师!"

我欣喜若狂,这样算来我又能省下不少钱呢!我打开包,试图将薄薄一沓现金从包里掏出来,却因为太激动而手滑,差点把钱给撒了。

"老师,这里有六千块钱,您点点。"我把一沓已然有些散乱的百元大钞递给林老师,"还有就是,以后咱们能不能一个礼拜多上几节课?这样我也能进步得快一点。"

老师无奈地笑了笑,两只手接过钱后说道:"不用这么着急啦。声乐和器乐不一样,并不是练得越勤快就进步越快,更多的是要讲究方法和感觉。如果方法错了,练得越多对声带的损害就越大。这样吧,以后我们一周两节课。这里有六千块,刚好够十五节课,就算两个月。最近没事在家里可以多做一做'喂喂'的练习,找一找头声的感觉。还可以多骑单车多游泳,这对后面的练习也是有帮助的。"

"好的,谢谢林老师!"我激动得就差给老师磕头谢恩了。

有了名师指点,就不愁没有未来了。我几乎是蹦跳着离开林老师家里的。

03

一出林老师的家门,我就给陈木发微信向他道谢,并且说了林老师少收了我二百块钱的事情。

"你还挺幸运的,林老师可不是对谁都这样的。"

"还是要感谢你,如果不是你,我可能还像没头苍蝇一样乱撞。"

"不用谢我,这是你有天赋。据说林老师只有在遇到天才的时候才会减少学费,如果遇到蠢材,还会加钱甚至拒绝授课呢。"

"哇!真的假的?"

"当然是真的,我听朋友说,荆水以前找他拜师的时候,也被降低过学费。"

"荆水?"

"你不知道她吗?她是沪上很有名气的歌手了,经常有演出,按辈分算是你的师姐。"

"哇,好厉害!"

一听到"经常有演出"这几个字,我内心深处那块神圣的向往之地又一次被戳中了,整个人都不由自主地有些热血沸腾。

"是啊,她也是你们老师最得意的学生。之前有一段时间她经济状况不太好,你们老师甚至还免费给她上过两个月的课呢!所以说啊,林老师教学生其实也不仅仅是为了钱那么简单。"

陈木的话让我愈发地对这位师姐感到好奇。就在我畅想着自己美好的未来的时候,陈木忽然突兀地来了一句:"对了,你才到'魔都'一个多月,应该还没有好好逛过吧?"

"算是……逛过吧。"说实话,我还真没有怎么逛过,不是不想,是没有时间,也没有心情。

"要不要再逛逛?我带你去一些好玩的地方,算是庆祝你拜师成功。"

"去哪里?"

"徐家汇吧,我就在附近,你直接坐地铁过来就行。"

"嗯,那一会儿见。"

虽然也认识一段时间了,但除了第一次吃饭时候的偶遇,我们再也没有见过面。在微信里,除了聊找老师和音乐方面的事情,我们也没有别的交流了。我真担心见了面不知道聊啥,那就尴尬了。但他毕竟也算是有恩于我,我也不好意思过河拆桥拒绝人家。

而且培训学校那边,我还指望他能帮我要回一点学费。找到工作后,我便再也没有去那个学校了,后来那里也没有来学钢琴的学生,自然也就一直都没有教钢琴的老师。

04

在徐家汇和陈木会师之后,他并没有带我走进任何一栋购物商厦,而是在靠近商圈的小路上找到了一家装修别致的日式居酒屋。到"魔都"后为了省钱,我一家像样的餐厅也没去过,不是在家泡面,就是找个街边的沙县小吃或者小面馆。如今突然进到一家像模像样的餐厅,我莫名生出一种情侣约会才会有的羞涩感。

"你在林老师那里上过课吗？"落座之后，我一边看菜单，一边问陈木。

"没有，我连见都没有见过那个老师。"陈木喝了口水，慢悠悠地说道。

"那我怎么感觉你对他的事情知道得挺多的。"

"我朋友在那里上过课，经常聊起他，所以我就知道了。"

"哪个朋友？我那个师姐吗？"

"那倒不是，不过你那个师姐我也认识。我现在的吉他老师，就是你那个师姐介绍的。她的演出我一般都会去看。"

"这样啊。"我点头道。

除了一些常规的寿司和小菜，陈木还点了各式各样的烤串。他喝啤酒，我喝可尔必思，我们两个就这样津津有味地吃了起来。那家店的烤鸡皮超级好吃，我还记得小时候每次吃鸡肉我都要把那层薄薄的皮给残忍地扯去，要是不小心吃到就会恶心得想吐，没想到曾遭我嫌弃的鸡皮在烤过之后竟然如此美味。外焦里嫩的口感，佐以柠檬汁和辣椒粉，一不小心就吃撑了。

吃饱喝足之后，陈木提议四处走走散散步，我心情好，没有拒绝。

我们走在布满高大梧桐的小巷，昏黄的灯光洒落在地面上，一切明明灭灭隐隐约约，像电影里一样。看着四周精致的洋房和小店里传出的推杯换盏的声音，我第一次觉得，我好像开始适应这座城市了。

虽然"魔都"的繁华艳丽毫不逊色于世界上其他的大城市，但或许是因为一直以来沉浸在焦虑迷惘的情绪当中，我从未真正发现这座城市的魅力。

然而今天不一样了,未来渐渐清晰,孤独感也慢慢消逝。

眼前的景色忽然就开阔了。

06

不知道是不是喝多了酒的缘故,陈木的话变得多了起来。兜转了一会儿之后,我们在徐家汇公园的长凳边停了下来。

"快看!那边有两只黑天鹅!"

顺着陈木手指的方向,我看到公园的湖面上有两个若隐若现的橘色小点,仔细辨认才发现,那正是黑天鹅的嘴!

我们走近了看,发现两只黑天鹅并排在湖面上游荡着,那副悠然自得的样子,仿佛周遭并没有旁人,只有属于它们的二"人"天地。

"还真是幸运,往常十一月份都看不到天鹅的。"陈木自言自语道。

"是吗?那今天可真是个好日子,不仅不用被迫欣赏大妈的广场舞,还有黑天鹅可以看。"

"什么广场舞?"

"我住的小区里,每天晚上都有五六十岁的叔叔阿姨跳舞,还喜欢把音乐开得很大声,好吵。"

"哈哈,这也是他们退休后的唯一乐趣嘛。话说你是一个人住吗?"

"是啊。"

"你小小年纪就这样在'魔都'打拼,很辛苦吧?"

"你也不大吧。"

"可是这里是我的家啊,我衣食住行都有爸妈照顾的。"

"你怎么知道我没人照顾呢?"

"看你的朋友圈,感觉你很孤独啊。"

"是吗,我最近没发什么朋友圈吧。"说完这句话,我暗自回想了下,到了"魔都"后我就换了新号码,注册了新的微信号,一共发了不到十条朋友圈,陈木平时也没给我点赞留言,没想到竟然看透了我的境况。

"人生谁不孤独呢。"我一半回答陈木,一半自言自语。

"你为什么那么想学唱歌呢?"似乎是为了化解尴尬,陈木转移了话题。

"我不是说过吗,我想当歌手啊。"虽然听起来像是小朋友说的傻话,但我知道自己无比坚定,而此时此刻的我似乎也只有这份赤诚的坚定是可以拿得出手的优点了。

"这样啊,我以为你那天只是说着玩的呢。毕竟你也知道,这个世界上有太多人都口口声声说自己以后要成为什么样的人,但是真正放在心上并且为之付出努力的根本没有几个。"

放心吧,我肯定不会是那"太多人"之一。

我在心里暗暗说道。

我们陷入了沉默,为了避免尴尬,我没话找话地问道:"你又为了什么去学吉他呢？"

"说出来怕你笑话。"我还没笑，陈木倒是想起了什么似的一下子笑了出来。

"没关系的，说出来大家一起开心开心。"我怂恿道。

"嗯……其实一开始是和很多人一样，就是为了追女生。"

"追女生？"我实在忍不住笑出了声，"你还真是个标准的'直男'啊！"

陈木没有理会我的嘲讽，继续说道："因为当时听说她比较喜欢有才华的、文艺一点的男孩子，而我又是个IT男，在这方面基本上就是一窍不通。先天不足，只好后天补咯。"

"那后来呢？"

"后来啊，后来就喜欢上吉他了。"

"我不是说吉他的问题，我是说你有没有追到那个女生。"

这家伙还真是块木头。我在心里想。

"那个女生呀，追到了。"说这话的时候陈木的眼睛里放出美丽的光彩，然而没多久就又暗淡了下去，"可是后来没多久就分手了。"

"啊……为什么啊？"

见陈木一下子低头不说话，一脸哀伤的样子，我立刻意识到自己说错了话，急忙道歉："对不起对不起，我不提你的伤心事了。"

"唉，其实也没事，都过去很久了，说出来也无妨。"陈木抬起头望向天空，莫名显出几分沧桑，"我们分手是因为异地恋的缘故。"

我没有回应，也不知道该说些什么，毕竟我也没有什么感情阅历。

"九点多了,赶紧回去吧。女孩子太晚还在外面不好。"

陈木站起身来,脸上再无半分微醺后的迷离轻飘,而是恢复了初见时那张陌生中带了一点羞涩和呆滞的脸。

这群白天在工作场合一本正经的家伙突然就幻化成了一群不良青年，喝酒、抽烟、讲荤段子，就是不聊祖国和人民、学习和教育，不感到孤独也不会思考人生。他们只需要放纵，只需要享乐，只需要撕下面具肆意纵情。这KTV包厢里的一盏盏彩灯仿佛就是照妖镜，让这群初修人形的妖魔鬼怪立刻原形毕露。不过也可能，在这里，他们又戴上了另一种面具。

第五章

自尊心还是太强

01

从小受家人的影响,我对阳历的日期并不是很敏感,所以元旦到来的时候并没有多大感触。然而转眼间就连小年都过了,望着街道上日渐稀疏的行人和一家家暂停营业的店铺,我才恍然有些伤感。

不知不觉这一年就过完了,而我也快要十九岁了。回顾自己的十八岁,真是疯狂又撕裂的一年。

前半年一心在为高考忙碌,压抑着自己内心,去做自己不喜欢的事情;后半年彻底解放自我,逃离家庭只做自己想做的事情。然后不管是前半年,还是后半年,不管是依从父母,还是遵从内心,我过得都不轻松。人生,也似乎就是这样。

好在年末的时候总算有了个不错的收尾,找到了称心的老师,唱功也进步了不少。虽然依旧做着自己不喜欢的工作,但同事们都还对我不错,生活总算走上了正轨。

那么父母呢?他们的生活是否还一切如常?看着楼梯间有不少送孩子上补习班的家长,我又想起了父母。如果不出意外的话,他们应该已经置办好了年货吧,等到正式过年的时候就该一大家子忙活着包饺子炸豆腐了,到时候满院子都是香气。没有了我的家,还会像童年时一样温馨吗?

正回忆着,突然一阵刺耳的吵闹声传来,我这才发现自己已经走到了上榜教育的楼层,楼道里和门口挤满了家长,而包括王姐在内的众多"老师"正站在那里安抚这些情绪激动的家长,不过看他们焦头烂额的样子,估计安抚工作做得也不怎么顺利。

王姐看到我时仿佛看到了救命稻草,急忙把我拉到一旁,贴在我耳边轻声说道:"快去办公室找主……"

还未等她把话说完,一位蛮横的大妈已经一把扯过王姐骂骂咧咧道:"哎你怎么回事啊,话还没说清楚呢!"

王姐不得不继续赔着笑脸安抚那位大妈,同时向我使了个眼色。

我按照她的意思直奔主管办公室,进门的时候她正在打电话,听内容,电话那头的似乎是物业的保安。

"是的,就是B座9楼905,上榜教育……好的,麻烦您了。谢谢!"

电话挂断后,主管低下头,眉头紧锁,闭眼揉着太阳穴,一副伤脑筋的样子。

"主管?"

我轻声唤她,想看看有什么能帮忙的。

主管猛然抬头,眼神中充满戒备,怕是把我当成了前来闹事的家长。确认是我之后,她长舒了一口气,眉头终于舒展了些。

"是你啊,小凡。你去帮我看看教室里学生的情况,虽然现在外面很吵,但课还是要上的。"

"主管,您能不能告诉我出了什么事情?"

"唉——这个事情说来话长,你还是先赶紧去看看学生那边的情况吧!"

我一头雾水地走出办公室。还好整个机构并不大,统共就只有七间教室,其中还有两间小教室是一对一辅导的。

一对一辅导的教室里并没有什么喧闹的动静,毕竟一个老师管一个学生,也闹不出什么幺蛾子。然而其余的大教室就不一样了,有不少学生都在交头接耳向外张望,要不是老师管着,估计现在全都跑到门口去凑热闹了。从学生的对话里我隐约听到几个诸如"泄题""补考"之类的关键词,大概明白了点什么。

在象征性地一间一间教室地训斥了企图凑热闹的学生之后,我终于来到了最后一间大教室。然而出乎意料的是,这间教室里的学生却异常安静,大多都在低头温书——起码表面上是这样。再朝讲台的方向看去,我大概理解了。

讲台上站着的男人虽然个子不高,但凶相十足。发际线略微后退,露出圆润油亮的脑门。尽管头发不剩多少,眉毛却是异常浓密,两条又黑又粗的剑眉向上斜挑,配上圆眼,显得不怒自威。鼻子不算挺,但鼻头却很大,还故意在唇部上方留了一排胡子,虽然这样有些显老,却也显得更稳重。整张脸最别扭的地方还要数向前突出的下巴,或许也正是因为地包天的缘故,才会让他看起来格外的凶。

这副面相,看久了让人很是不舒服。

"这里的同学都很好很乖。马上就上课了,大家可以简单准备准备。"

我像哄小朋友一样笑着说了几句，就立刻转身离开。

在我开门的时候，讲台上的男人无意间瞥了我一眼。虽然仅仅是一瞬的事，我却感觉到背后阵阵的凉意，莫名的毛骨悚然。

跟着这样的人上课真是太可怕了。

我边想边关上门，长舒了一口气。

02

门口的喧闹依然没有终止，就算保安来了也无济于事，甚至还有愈演愈烈的倾向。我走到前台的时候，一个面红耳赤的中年男子正用左手揪住保安的衣领，右手抡起了拳头，若不是一旁有人拉着，怕是要打下去了。为了避免事态进一步恶化，最终工作人员还是选择了报警。

警察到来后，最先抢着发言的是早上拉扯王姐的大妈，她边拉着一位警察的袖口边大声说道："警察先生，你来评评理。他们的老师和区教研员一起，在区初三'一模'数学考试之前，把里面的题目透漏给他们的学员。这种行为你说卑鄙不？这样的话对我们的小孩就很不公平。现在我们来向他们讨公道，他们居然这种态度！又推又打的，就是不给我们一个说法！"

大妈的话刚说完，后面的一群家长就连声附和道："是啊，是啊！"

"好啦，不要吵了！"被拽住衣袖的警察甩开大妈的手，大声说道，

"这里的老师和教研员透没透题我不知道,我也管不了,你们应该去找教育局。但是你们现在聚在这个地方大吵大闹,已经严重扰乱了公共秩序,影响了人家的正常工作!"

警察这么一说,闹事的家长们这才三三两两地悻悻散去。其中一个在下楼时还不忘转头对着教育机构的"老师"恶狠狠地警告道:"你们给我等着!"

人都走光后,王姐瘫坐在前台对面的沙发上,揉着太阳穴闭眼说道:"终于他妈的完事了。"

我接了一杯温水给王姐递过去:"到底怎么回事啊?我听他们说什么初三泄题一堆乱七八糟的。"

"哎哟,别提了。"王姐喝了口水,一脸忧愁地看着我,"咱们不是认识教育局内部的教研员嘛,平时也会问他买些无关痛痒的内部资料之类的。谁知道这回他是缺钱还是觉得一直卖给我们一些'垃圾'良心过意不去,要了比平时高一倍的价钱卖给了我们两道题,还说挺重要的。然后我们就在初三'一模'数学考试之前把这两道题用短信群发给了学员家长,让他们务必给孩子看。没想到这两道题和本区的考题几乎一模一样,就换了几组勾股数,其余的图形啥的一点没变。"

"这事我怎么不知道啊?"

"那时候你不还在试用期嘛,机构内部资料一般不让轻易泄漏。再说了,咱们这儿初三的学员也不是太多,用不着太多人帮忙。"

说起内部资料,我忽然明白了。试用期的时候我虽然整天跟着王姐去各个学校蹲点,平时还要负责接待前来咨询的学生家长,但整体上并不算

自尊心 / 还是 / 太强

太忙碌，起码不会占用非工作时间。然而自从转正之后，工资是涨了，事情也多了起来，其中最让人头疼的就是每天定额的骚扰——哦不，推销电话。也不知道领导是从哪里搞来的学生资料，除了学生在哪儿上学、家长电话是多少，居然连成绩单都有！我没有王姐那样的厚脸皮，既不愿昧着良心推销，更不愿在电话里遭人辱骂，所以每当主管盘点询问电话完成量的时候，我都很是头疼。

"那后来这事情怎么解决的呢？为什么不事先告诉他们不要乱说？"

虽然这样说有种为虎作伥的感觉，但是如果当初小心一些，也就不至于有今天的闹剧。

"当初发题目的时候我们也没想到事情会这么严重，考完试题目一到手我们就傻眼了。就算我们渴望业绩，也不至于自掘坟墓啊，所以立刻就发短信告诉家长千万不要外传，但是已经晚了。有的小孩也不知道是不是脑子进水，一出考场就跟人炫耀自己在考试前看过这两道题。后来一传十十传百，咽不下这口气的家长就去调查怎么回事，然后就向教育局举报了。"

"啊？这么严重！那教育局给说法了吗？"

"给了啊，刚下令一开学就组织全区的初三学生重考数学。"

"既然都重考了他们还闹什么啊？"

"可是第一轮自主招生已经结束了啊！"王姐放下水杯，"寒假里举行的第一轮自招看的可都是'一模'的排名，要是'一模'没考好，自招的资格就没有了。现在因为泄题，导致有的人排位名不副实呗！"

"啊！那我们干的这事对那些认真考试的同学多不公平啊！"

第一次踏入这里时的那种为虎作伥的负罪感又一次盘踞在心头，然而这次不同以往的是，之前我并没有对这些少年们造成实际伤害，这一次却是实实在在地影响了一部分人的未来。

"有什么不公平啊？"王姐翻了个白眼，一脸鄙夷地说道，"你以为自主招生考试那么容易过吗？那考的大多可都是课本之外的东西，不是数学竞赛的原题就是高中才学的知识点。真正能通过自主招生考试的人，就算没有提前拿到'一模'的原题也能做对；而那些需要考试作弊才能获得自招名额的人也不可能通过自招考试。"

"可是……"

正当我打算继续为自己的良心辩驳的时候，另一个同事送来了部分学生要点的外卖单，托王姐帮忙打电话订盒饭，这场关于正义和邪恶的对话也就无疾而终了。

03

中午时分，整个机构如常充斥着不知放了多少劣质油和味精的外卖香气。我领了自己的盒饭后朝员工的休息室走去，然而走到教师办公室门口的时候，里面传来的对话却让我瞠目结舌。

"哎我跟你说，我们班新来了一个女学生，啧啧，那个身材……"

说话的是个男人，我几乎可以想象到他一脸猥琐的样子。

"真的假的？下午带我去看看！"

接话的男人声音比刚才那个稍粗一点，口气也没有那么放肆，然而还是一股子藏不住的色腔。

"喂喂喂，你想什么呢！"

"我看是你自己想入非非了吧！行了，别在这儿贫了，赶紧去休息室吃饭吧！"

听见脚步声朝门的方向逼近，我赶忙装作若无其事的样子快步向前走去，在休息室里找了一个靠角落的位子坐下，低头佯装吃饭，实则胃口全无。

不一会儿，从门口走进来两个男人。我迅速地瞥了他们一眼，发现其中一个居然是早上看到的那个面带凶相的老师！当时只是觉得他长得有些让人害怕，但没想到竟是如此无耻下流之徒！跟这样的人在同一个地方上班，甚至坐在同一间房间里吃饭，实在是太让人恶心了！

我如坐针毡，仿佛自己被玷污了，只得用筷子不停地戳向米饭来解气。

正在这时，王姐拿着盒饭走了进来。虽然之前同王姐的争辩略有不愉快，但是此时看到她我还是感觉像看到了救兵一样亲切。我企图用眼神向她求救，不过她似乎并没有看到坐在角落里的我，而是径自和那两个男人搭起话来，脸上挂着那极具亲和力的笑容，甚至还多了几丝妩媚。

王姐怎么可以和这种人做朋友啊！我焦急地看着王姐，试图警告她不要和那样的人接触。但她似乎和那两个男人相谈甚欢，三个人有说有笑。直到饭吃得差不多了，王姐站起身来环顾四周，才热情地招呼我过去。

"这是凡佳玮，小凡，公司新来的同事，刚过试用期。"

王姐一脸谄媚地向这两个男人介绍我。

"小凡，这位是夏老师，这位是崔老师，两个人都是教数学的。"

"你好！我是夏凡，天仙下凡的夏凡。真巧啊，咱俩名字里都有个'凡'字。"

年纪稍轻一些的夏老师满面春风地率先和我打了招呼，听声音应该是那个言语猥琐的家伙。这个渣男，就连和陌生女生打招呼语气里都带着那么几分轻佻。

"你好。"我冷漠地答道，连装笑都不肯。

"我是崔明强，以后多多关照。"

这位崔老师倒是很收敛。若不是刚才窥听到了他和那位夏老师的对话，或许我还会觉得他是个正人君子呢。可惜呀，事实证明此人不过是个衣冠禽兽。

夏老师还想继续说点什么，前台的同事忽然进来，说有学生急着找他。虽然有些不情愿，但毕竟"客户就是上帝"，他只得无奈地离开了。

真是谢天谢地。

"对了小凡，今天是年前最后一天上班，下班后有同事聚会，你也一起来吧！"王姐扯着我的衣袖说道。

"啊……"

我原本是想答应的，但一想到可能还会有这两位老师随行，我便犹豫起来。

"哎呀,犹豫啥呀!反正你下班也没事,到时候大家一起乐呗!"

"可是……"

"没什么好可是的。"王姐坚决地说道,"前台的小陆,还有咱们销售部的小刘、小徐,刚才离开的夏老师,都会去。就连大忙人你强哥都赏脸出席了。"

还真有刚才这两位爷。我在脑海里寻思着拒绝的理由,却怎么也想不出一个合适的借口。

"怎么着?不给你王姐面子啊?"王姐半开玩笑半正经地说道。

看来这下我无路可退了,只得一口答应下来:"不是不是,王姐你误会了。晚上我一定去!"

04

下班后,我们一行人浩浩荡荡地出发了。一路上大家有说有笑,唯独我闷闷不乐地在最后跟着。王姐看出我情绪不佳,凑过来询问:"怎么了?还在为上午的事不开心啊?"

"不是,其实……"我欲言又止,"算了,还是不说了。"

"憋在心里也不好受,姐又不是外人,跟姐说说没事的。"

王姐的手亲昵地搭在了我的肩上。

"你觉得崔老师怎么样?"

"崔老师啊,"王姐的眼珠转了一圈,脸上居然浮现出少女的神情,"课上得不错,人也认真,还挺有责任感的一个人。"

"哦……"

我点点头,犹豫着要不要告诉王姐中午我听到的对话。

"对了,据说他还是当年他们县的高考状元呢,也是他们村的第一个大学生。考进了'魔都'最好的大学,现在在一家银行上班,双休日在我们这儿兼职,每个月的收入能有好几万呢!"

王姐说这话的时候一脸得意,像是在炫耀自己拥有的一样好东西。

"可是……你不觉得他这个人人品有问题吗?"

见王姐对崔老师的印象居然这么好,我觉得还是有必要说出实情。

"人品有问题?这话怎么讲?"

王姐一脸难以置信地看着我。

"今天中午我听到他和夏老师在小公室里讨论一个女学生的身材……"

一口气说出这些,我心里的大石头总算落了地,可谁知王姐却大笑起来。

"我当什么事呢。你呀,还是太年轻了。"

"可是人家还是初中生啊!"

王姐不以为意的态度让我再次义愤填膺起来。

"初中生怎么了?我初中都开始早恋了呢!再说了,他们只是私底下议论两句,又没真的干什么对不起人家姑娘的事,没必要这么大惊小怪的。"

"可……"

我想反驳,却瞬间语塞。

"哎呀,别太当真了。人生在世,不过一混,谁当真谁就输啦。"

王姐故作老成地拍着我的肩膀道。

那一刻,我感觉自己离他们是如此遥远。王姐、崔明强、夏凡……尽管我们几乎每日相见,我们的世界却是天差地别。我嫌弃他们所热爱的"酒色财气",或许他们也对我所追求的理想世界感到鄙夷。

存在于世间数十载的光阴,能遇见一个心意相通的人,是多么难得啊!

05

转眼已经晚上十点,我还在KTV里忍受着周遭的鬼哭狼嚎和烟雾缭绕。

夏凡和另外一个年轻的男同事已经喝醉了,纵然如此还是要脸红脖子粗地一边喊着"我没醉",一边斗志高昂地划拳,逼迫对方继续灌下毫无意义的酒精。

这群白天在工作场合一本正经的家伙突然就幻化成了一群不良青年,喝酒、抽烟、讲荤段子,就是不聊祖国和人民、学习和教育,不感到孤独也不会思考人生。他们只需要放纵，只需要享乐，只需要撕下面具肆意纵情。这KTV包厢里的一盏盏彩灯仿佛就是照妖镜，让这群初修人形的妖魔鬼怪立刻原形毕露。不过也可能，在这里，他们又戴上了另一种面具。

我和女同事们坐在一起，一边吃着爆米花，一边闲聊。

"小凡，你现在住的地方房租多少钱啊？"

趁着另外两个女同事忙着一起刷淘宝的时候，王姐拉着我问道。

"一个月两千四。怎么了姐，你也想在我们那儿租房子？"我如实答道。

"那么贵！你是跟别人平摊还是自己一个人全包？"

"我一个人住，当然是自己全包啊。"

"哎哟，要不怎么说你年轻啊，你这是被中介给宰了。"

王姐一副痛心疾首的样子。

"可是……这已经是我当时看的最便宜的了。"

这话并不假。"魔都"的房价高得离谱，想稍微住得像样一些，一个月至少两千块钱。况且我还要在家里练习唱歌，要是随便住一处用薄木板隔起来的廉租房，怕是还没开嗓就会被隔壁的租客骂娘。

"那都是套路。你得多跟他们讨价还价。我现在住的房子，离公司就走路十分钟的距离，一个月才一千八百块。"

"这么便宜！"

"是啊，而且还是两室一厅，厨房卫浴一应俱全。正好之前跟我一起合租的那个女孩要回老家结婚了，现在空出一间房，你要不要过来咱们一起住？正好俩人也能有个照应。"

"可是……"

尽管这样算来能省不少钱，但若是有人与自己共处同一屋檐下，也许我就不能随意练习唱歌了。

"有啥好可是的，就算你现在不缺钱，也总得为以后着想啊。万一家里长辈生病啥的，你不得出钱照顾他们？就算父母有钱不要你的钱，那要是你以后有了孩子，奶粉那么贵，不提前攒点钱行吗？……"

王姐真不愧是上榜的金牌推销，不过就是合租个房子，居然都能扯到结婚生子上头去。这番强势的口吻，真是让人没有喘息的余地。

"行行行，您别说了，我回去考虑一下。"

"那你快点给我答复啊，最迟年后上班也得告诉我了。"

虽然王姐嘴上这么说，可是焦急却早就写在了脸上。看那样子，真是恨不得马上就能找到一个和自己平摊房租的人。虽然询问我也是出于好意，可是咄咄逼人的态度还是让人很不舒服。

过了几分钟，王姐拿起话筒开始唱歌，我赶紧趁机一溜烟儿坐到角落里去，生怕下一秒她会拿着刀架在我的脖子上逼我跟她住在一起。

06

夜渐渐深了，大家似乎也唱累了。音箱里依旧一首又一首地播放着歌曲伴奏，却并没有人跟着唱。

我默默地坐在一旁玩手机，正好看到陈木发了一条动态：年会真无聊。后面是一张微笑脸，配图里一个肥腻的男人身穿白娘子的衣服浓妆艳抹地站在舞台上搞反串。

像是看到了正一起受折磨的同道中人，我立刻回复道："聚会真无聊。"

本来也只是单纯地想找个地方发发牢骚，没想到陈木很快回复了："聚会虽无聊，起码不辣眼睛，年会真是辣眼睛，还好我不用上台表演节目。"

我正在想怎么回复陈木，一个声音打断了我思绪："你怎么不唱歌呀？"

抬头，只见一个被红红绿绿的灯光照射得直泛油光的脑门正对着我。不用说，只能是崔明强。

我笑着摆摆手道："不了，他们还唱呢。"说完我继续看手机。

这位崔老师似乎并没有看出我笑中的尴尬，接着说道："现在没人唱了。"

"那么您唱啊，崔老师。"

我说这话的意思是想让这位"色鬼"同志闭嘴的，谁知他反而话更多了："那什么，其实你不用一直叫我崔老师。我今年三十四岁，你和他们一样，叫我强哥就好。"

我勉为其难地叫了一声"强哥"，只希望他能赶紧离开，他却依旧不识趣地说道："要不要我给你点首歌？"

自尊心 / 还是 / 太强

"不用不用,"我连忙推托,看来躲也不是办法,我只得说,"我自己来吧。"

见我起身朝点歌机的方向走去,崔明强这才露出了心满意足的笑容。

按照点歌机的指示进入"歌星点歌",然后选择"港台女歌手",打开王菲的选歌界面浏览着这一首首不知听过多少遍的歌,最终手指在"人间"这两个字的地方停下,然后点击。

"置顶吧。"

不知什么时候,崔明强竟坐在了我的身后,低沉的声音一出,不禁吓了我一跳。

我尴尬地笑着点点头,按照崔明强的指示把自己点的歌置顶后,逃也似的离开点歌机的位置,跑到沙发的另一角坐下。

正打算回复陈木的消息,熟悉的伴奏却已响起。崔明强虽然没有再次追过来,但是话筒却已经悄悄地摆在了我身前。

正式跟着林老师学习已经两月有余了,每周两节课算下来,如今也上了有二十节课了。虽然也在老师家里做过录音训练,但是还没有正儿八经地听过自己的声音从音响里出来是什么样子。

拿起话筒站起身,权当是在为今后站上更大的舞台做准备。

风雨过后不一定有美好的天空

不是天晴就会有彩虹

所以你一脸无辜不代表你懵懂

不是所有感情都会有始有终

孤独尽头不一定惶恐

可生命总免不了最初的一阵痛

但愿你的眼睛,只看得到笑容

但愿你流下每一滴泪都让人感动

但愿你以后每一个梦不会一场空

天上人间

如果真值得歌颂

也是因为有你才会变得闹哄哄

天大地大

世界比你想象中朦胧

我不忍心再欺哄,但愿你听得懂

  以前听这歌的时候总觉得这首歌从第一个音符响起就有股"土土"的味道,甚至算得上王菲的作品里我最讨厌的一首。如今在异乡的KTV包厢里,我却莫名地被治愈了。闭上眼沉浸在音乐的世界里,不知不觉间已然泪眼蒙眬。

  睁开眼,再次回到现实世界,包厢里竟莫名变得安静起来。我以为是自己沉浸得太深,便四处张望,才发现无论男女都已停止了刚才的喧哗,正目不转睛地盯着我。待乐尾的最后一个音符落下,周围响起掌声。

  "以前咋不知道你有这本事?唱得实在是太好了!"

  王姐率先说道,口吻里全然没了刚才咄咄逼人的焦急。其余人跟着附和,眼神里流露出敬佩。

自己不禁受宠若惊,赶紧放下话筒,坐回沙发上说道:"没那么夸张。"

"别谦虚了,你唱得都快赶上电视上的歌星了!"

王姐的话让我愈发地不好意思,当然,更多的还是第一次在唱歌方面受到他人称赞的喜悦。这无疑是对我最大的鼓励。

还未容我休息一会儿,王姐又自作主张替我点了好多歌。本是众人共欢的同事聚会,竟变得像是我的演唱会。

07

没想到这次本来不想参加的同事聚会居然玩得很尽兴,非但没有受讨厌的人的影响,还收获了自己的第一批"粉丝"。夜半散场的时候,我居然还有几分意犹未尽。

朝地铁站的方向走去,嘴里哼着小曲,脑海里幻想着自己站着大舞台上开万人演唱会的场面。来到"魔都"后,我第一次有些飘飘然的感觉。依旧沉浸在刚才同事的赞许和呐喊中,致使我居然没有注意到崔明强竟和我顺路。直到踏入空空如也的地铁末班车,我才发现整节车厢里唯一一个和我同行的乘客竟是张熟悉面孔。更让人不安的是,崔明强正坐在对面的位子上偷偷地看着我。直到我和他眼神对上,彼此才尴尬地一笑。同时,崔明强舒了口气,站起身坐到我左侧的空位。我下意识地向右边挪了挪,祈祷这列车快些到站。

"刚才的歌唱得真不错。"

因为离得太近,尽管崔明强说话的声音很轻,呼出的气量很小,我却依旧能够清晰地闻到葱蒜和着酒气在口中发酵后的味道,令人作呕。

"谢谢。"我屏气说道。

接下来的半分钟里崔明强都没有说话,但是他却一直憋着一口气,像是在做什么准备。直到那股恶心的气味再次扑向我的嗅觉神经,才听到他结结巴巴地说道:"要不……咱俩加个微信吧?"

我屏着气没有回答他的问题,而是直接把自己的微信二维码放到他面前。

"谢谢,谢谢。"

像是奸计得逞,身旁的男人无意间卸下人皮,露出猥琐的笑容。

好在下一站我就下车了,可以不用再忍受和这种人共处一室的痛苦。走出车门的时候,我听到身后传来"再见"的声音,可我佯装没听到,头也不回地朝电梯走去。

到家已经半夜十二点半了,不知不觉间新的一天又开始了。

洗漱完给手机充电的时候,收到陈木发来的消息:"早点睡吧,不然真的会老的。"

点开一看才发现,在此之前他已经给我发了三条消息,其中有一条还被撤回了。

一直觉得有点呆滞的陈木,这次莫名有些可爱了。我回复了一个"晚安",然后关了手机准备睡觉。

自尊心／还是／太强

也许是睡得实在太晚了,刚一躺下,我就进入了梦乡。梦里我站在偌大的舞台上,追光灯从头顶打下,亮得我有些睁不开眼,然而四周却是无边无际的黑暗。我看不清前方,更望不见身后。

我是那样孤独,也是那样坚定。

人在年少的时候，还不够强大的时候，不管拥有什么，最终都会失去，因为你不断在成长变化，因为你没有力量去守护你想要的生活。尚且脆弱的你轻易去争取同样脆弱的爱情，最后不是爱情连累了你，就是你连累了爱情。

第六章

不够强大的我还配不上爱情

01

这个年虽然过得格外冷清,却没有想象中的悲苦。没有了七大姑八大姨不冷不热的嘘寒问暖,反倒自在不少。

不知什么时候,我们已经把本该欢庆的节日过成了一场明争暗斗的攀比。成人世界的输赢准则全在存折上的数字,少年人的比拼标准只在试卷上的那个数字,唯有不谙世事的孩童才能真正体会到节日本该有的欢乐气息。不过对于他们来说,怕是连"年"是什么都说不清吧。

放假的一周里,我几乎每天都窝在家搜罗各种名家演唱视频,按照老师课上所讲的方法一一对照。要是想唱歌了,我就拿出手机录上一段,然后再从回放中找出问题,直到唱出自己最好的水准。

大年初一那天,我又去了陈木带我去过的日料店。虽然坐落于繁华的市中心,但是过年的时候却格外冷清。成千上万的孤独异乡人此时此刻都已回到了自己的家中,而本地人的温暖都被掩在居民楼里那一扇扇门板背后。若不是孤家寡人一个,谁会在这个时候上街游荡呢?

我随意挑了个位子坐下,却忽然失了胃口。上次令人惊艳的烤鸡皮,这次吃来竟是那样普通。

只有自己一人的日子是平静的,却也是索然无味的。我甚至有些期待假期能够早日结束。

好在"魔都"地处南方,没有让人等多久,生机勃勃的春天便来了。

02

年后房子租约到期,我终究还是选择搬去和王姐同住。

因为我想要攒钱买一架钢琴。那个被丢弃在杂货间的梦,终究是掐不死的。无论父母为那间关着钢琴的小黑屋上多少锁,仍旧锁不住我热爱音乐的心。

然而当我提着大包小包来到王姐家的时候,我傻眼了。

屋内墙壁斑驳、地板翘裂,客厅里的家具陈旧破败得仿佛被数万人用过。卫生间由于没有窗户,那股潮湿的腐朽气让人窒息。这让我想起了第一次走进上榜教育所在的那座大楼的情景——仿佛自己的人生将在这无处遁形的阴暗中溃烂。

这与王姐同我描述的窗明几净的房子大相径庭。我算是理解为什么这里的房租只要两千元不到了。我只恨自己年少无知,稍微长点心,也应该在答应跟她合租之前来看一眼吧?

王姐热情地把我领到她给我安排的房间。屋子里仅仅放置了一张单人床、一个床前桌和一个衣橱,便已占满了所有空间。

我不禁想起中原小城里自己那宽敞明亮的房间。家具清一色的白色,床上挂了粉色的纱帐，窗边的沙发上摆满了各式各样的毛绒玩具……

此时此刻唯一让人欣慰的就是王姐允许我随意地在房间里练歌。

或许这就是自由的代价吧。再不用忍受父母对自己的束缚，自然也就再不能享受父母为你营造的舒适环境。

就算百般无奈，但事情既然已经发展到了这一步，我也只有接受的份儿了，谁让我需要钱呢。好在平时不是上班就是上课，能够待在这间屋子里的时间并不多。等我可以靠音乐挣到人生的第一桶金后，我一定要搬出这里——我在心里暗暗发誓。

等我把一切行李都安置得差不多了，手机响了，是陈木的消息。他说我那个天才师姐下周六晚上有演唱，问我要不要一起去。

听陈木说了几次这个叫荆水的神秘师姐，我早就想去见识下了。而且跟着林老师学习的这段时间里，也常听老师提起她，谈笑间满是骄傲和赞许。

陈木已经买好了票，我没有不答应的道理，我已经很久没有看过演出了，就算不是我非常想见的人的演出，我想我也不会拒绝。

我也说不清我是不会拒绝去看音乐演出，还是不会拒绝陈木。他是我在上海唯一的朋友，他对我有好感，我能看出来；我对他也有好感，相信他也知道。

但我们只能保持这样若即若离的关系，更多的时候，当我感到寂寞，我也不能对他说什么。我怕跨过了那个度，一切就会变样。人在年少的时候，还不够强大的时候，不管拥有什么，最终都会失去，因为你不断在成长变化，因为你没有力量去守护你想要的生活。尚且脆弱的你轻易去争取同样脆弱的爱情，最后不是爱情连累了你，就是你连累了爱情。

就让一切顺其自然吧。

03

周六下课后，我按照陈木的指示坐地铁到打浦桥站与他会合。林老师接下来还有两节课要上，等课程结束后他也会赶过去看演出。

演出要到晚上八点半才开始，在此之前还有大把的空闲时光，陈木便带着我逛起了田子坊。所谓田子坊，并不是什么大的集市，只是隐匿在市中心高楼下的小弄堂，是别有一番海派韵味的小天地，一走进去我便被各式各样精巧的门面给吸引住了。

这里有别具匠心的手工皮具坊，也有精巧独特的首饰店，甚至不乏一些服装设计师会选择在这巷子深处开设工作室。沿着弄堂走，时不时能看到一些有心的店主会在门面的窗台上放置些空酒瓶或者盆栽，与这墙上的红砖甚是般配。看似不经意的摆放，实则满满的都是对待生活的认真。

"这个地方可真美啊！"我不禁感叹道，同时也是表示对陈木的感谢。

"就知道你们这种小女生会喜欢。"

虽然话里不带脏字，但言语间却透露出一股轻蔑的嘲讽。若是换作以前，我定会同他理论一番。可是也许是经历了险恶的王姐的算计，我对善良的陈木,有了十二分的好感,他说什么,我都觉得亲切,即便是嘲讽,似乎也是善意的嘲讽。

走着走着,我的目光被路边一个和我差不多高的胡桃夹子人偶给吸引住了。朝那人偶的方向走去,只见"天空音乐盒"的标识挂在房梁上。

走进门面,只见一架老旧的钢琴摆在最显眼的位置,本该洁白的琴键已然微微泛黄,有几个琴键甚至已经塌了下去。钢琴旁边是狭窄陡峭的楼梯,看样子楼上才是这家店真正的门面。我小心翼翼地扶着墙向上走去,陈木跟在我的身后。

不同于昏暗的一楼,二楼的宽敞让人有种豁然一亮的感觉。一是因为展示需要,二楼的灯光比一楼亮不少,二是因为这层有一扇占据了半面墙的木制窗户。

如店名所述,屋子里摆满了各式各样的音乐盒——大多是朴实的木制音乐盒,也不乏外面包裹着珐琅的;既有简单的四方木盒款式,也有做成旋转木马的样子,还上了彩漆的。小时候在县城的精品店也见过不少音乐盒,权当这东西就是物美价廉的摆设,如今走进这家小店,竟第一次觉得原来音乐盒也是艺术品。

不过纵然这店里的音乐盒琳琅满目,我的目光却始终难以从玻璃柜中的那一个上离开。

那是一个马车样式的音乐盒。欧式复古的马车呈白色,还镶着金边,不禁让我想起《灰姑娘》里那个南瓜变成的马车。不同的是,南瓜终究是南瓜,午夜十二点一过,一场幻梦终究烟消云散,而这架马车里却实实在在地站着两个小人——女生身着白纱,微微抬头;男生穿着西装礼服,正和女生深情拥吻。

历经了千辛万苦，王子和公主终于幸福地生活在了一起。

"幸福的人生总是相似的，不幸的人生却各有各的不幸。"我喃喃自语道。

"你说什么？"一旁的陈木听到了，放下手中的音乐盒，朝我走了过来。

"没什么，我们去吃饭吧。"离开之前，我又回头看了一眼那个马车音乐盒。我想等有一天我有钱了，一定要来买下它。

不仅仅是音乐盒，还有钢琴，还有漂亮的衣服，还有美味佳肴。到了"魔都"后，过上了和夷市完全不同的生活，我越来越感受到了钱的重要，我需要很多很多的钱来买我想要的一切。

如果有可能，我还想买一所大房子，像歌里唱的那样，有大大的落地窗户，我可以光着脚走在地板上，有专门的只属于我的书房、音乐房和健身房……

04

刚走进陈木推荐的便所餐厅的时候，我还对晚餐抱有幻想。虽然餐厅里摆着各式各样的迷你马桶，但这个地方的装修还算得上小清新，供应的食物应该不会像它的名字那样恶心。然而打开菜单的一刻我后悔了。

这里的菜全部都是盛在蹲便器和马桶形状的餐盘里的。

我合上菜单，生气地盯着陈木，他却仍旧泰然自若地研究着自己手上的那份菜单。

"我们非要在这里吃吗？"我闷闷不乐地问道。

"这家餐厅味道还可以的，又不是真的请你吃那个。来到'魔都'，就是要尝个新鲜，这些东西在你老家可吃不到。"

陈木头也不抬地答道。

"行行行，别继续说了，听着恶心。"

因为上次陈木带我去的居酒屋给我留下了不错的印象，我便天真地以为跟着他就不愁没有好吃的，可谁知这家伙一跟人混熟就暴露了本性。

"你要是实在不想看菜单，我帮你点好了。"

虽然是主动向我提出帮助，但他的口吻里却透露着一股掩不住的幸灾乐祸。我没有说话，算是默许了。

最先上来的是两份装在"蹲便器"里的冰淇淋。我率先抢过白色的香草味冰淇淋，虽然被挤成了大便的形状，但白色倒也没有那么恶心；至于那份棕色的巧克力味冰淇淋，就留给陈木好了。不过那家伙似乎并不在意这怪诞的装盘，像个没事人似的津津有味地吃了起来。

接下来的正餐是两份蛋包饭，看那样子平淡无奇，吃起来也普普通通。本以为陈木是个美食探测仪，谁知道今天竟失了水准，我不禁有些失望。见我吃得有点勉强的样子，陈木神秘一笑道："不合口味吗？别急，等下还有惊喜呢！"

陈木所说的惊喜，其实我一猜就能猜到，就是我们这一趟的目的地，荆水演出的地方。其实不管他带我去吃什么，我都不会怪他的。从我们第一次吃饭的地方就可以看得出来，他经济也不宽裕。如果不是跟我在一起，他大概也是去便宜的餐馆。他会带我去各种"妖艳"的餐厅，无非是为了让我开心。想到他的良苦用心，就算是屎味的巧克力，我想我也吃得下去。

05

出了田子坊，在旁边不知名的弄堂里七拐八拐后，我们到达了看演出的最终地点。那是沪上一家有名的演艺吧，虽然驻唱的并不是什么大牌明星，但都是实力台风俱佳的歌手，荆水正是其中的一员。

演出八点半开始，我们提前半个小时到，本以为已经够早了，没想到酒吧里四分之三的位子都有人了。陈木带着我朝靠近舞台的沙发走去，那里已经聚集了三四个人，坐在正中的是个个子很高的女人，她顶着一头长鬈发，身着金色的挺括夹克，脚上蹬着一双不下十厘米的高跟鞋，让那本就修长的双腿显得更加迷人。女人算不上非常漂亮的那种类型，但身上却有一种干练、孤傲的气质，再配上精致的妆容与大红唇，气场十分强大。

"你来啦！"见到陈木，女人热情地同他打招呼拥抱，随后看了我一眼，问陈木，"这就是你上次说的那个小师妹吧？"

陈木点点头，转向我介绍道："这就是我之前跟你提过的荆水师姐。"

虽然早就对这位师姐有所耳闻,也听了老师对她的不少赞许,但当我见到她本人的时候,仍旧吃了一惊。或许是她身上那股强大的气场震撼到我吧。我的生活中从未有这样的女人闯入,她身上独特的魅力在吸引我的同时也让我感到不知所措。

见我愣在原地,她倒是先同我打起了招呼:"你好,我是荆水,你呢?"

她露出洁白的牙齿朝我一笑,让我之前的不适应瞬间消失了一半。她的笑也和王姐的一样,有一种让人难以抵挡的亲和力,但不同于王姐的谄媚,她的笑更像是萍水相逢间的一抹善意。

"你好,我是凡佳玮,师姐叫我小凡就可以了。"

"早就听陈木和林老师提起过你好多次了,没想到真人那么漂亮。上次在林老师家听了你的录音,唱得真好!"

听到来自前辈的肯定,受宠若惊的同时,我也害羞得说不出话来。荆水仿佛看穿了我的心思,继续道:"我说的都是实话,你不用害羞。好好努力,总有一天你也会站在台上的。"

"谢谢师姐!"

我激动地向她鞠了个躬,随后看向陈木,发现他也正向我投来鼓励的目光。能够得到专业人士的认可,这让我对自己选择的道路更添了几分坚定的信念。

大家坐在一起闲聊了一会儿后,荆水就回后台做登台的最后准备了。此时距离演出正式开始还有十分钟。

06

这一天参加演出的共有五个人,每个人两首歌,荆水是压轴的那个。第一个上场的是一个造型夸张的男生,梳着飞机头就算了,甚至还用银色和蓝色的眼影化了极浓的眼妆。上身着一件铆钉背心,下身是破洞牛仔裤。要不是他站在台上,我一定会把眼前这个男人当成街头的非主流混混。

他演唱的第一首歌是 *Feeling Good*,一首被无数歌手翻唱过的歌。选择一首非常大众的歌虽然能够讨好观众,但也很容易自掘坟墓。毕竟之前有过太多好的版本,若是不能达到前人的水准,便很容易遭人诟病。而且这位哥们儿更为大胆的是,他选择了众多翻唱版本中最红的亚当·兰伯特的版本,不禁让人为他捏一把冷汗。然而当他唱出第一个单词后,我的担心瞬间打消了一半。他的音色同亚当·兰伯特竟有七分神似!若不是对自己的嗓音条件有极高的自信,怕是也不会选择这首歌吧。当然,单有音色是不够的,这首歌后半部分高音的爆发力与情感的把控才是难点。

随着鼓点的出现,这首歌进入了第二个层次,男生明显唱得更有力了些,刚才紧闭着的双眼也在此时睁开了,肢体动作更加自由了。

第二段一上来,男生明显放开了不少,眼神里多了几分玩世不恭的轻佻,这似乎也是他要表达的这首歌的意境。尤其是唱到那句"You know what I mean.Don't you know"的时候,单边的嘴角上扬,眼神愈发迷离,活像一个醉酒的人对世间所有清醒者的嘲讽。这似真似假的表演,或许就是林老师口中的舞台表现力吧。就是这么几个简简单单的小动作，便足以将观众带入自己所要表达的意境情感中去。

鼓声第二次加强，歌曲转眼进入最后的高潮。这一段中的前几个高音一出，现场的观众便情不自禁地被点燃了，甚至有不少都站起身扭动了起来。不过好戏还在后面，能不能完成最后那个高难度的混音才是这首歌成败的关键。

转眼音调变得阴郁起来，歌手在接连重复了几句"for me"之后，所有的乐器声戛然而止，只剩下划破天际的男声，像是下一秒就要穿透天花板。尽管这声音很高，听起来却并没有压迫人的感觉。林老师说这样的高音才是正确的发声，但凡一个歌手的高音有一丁点压迫感，都是因为发声的时候牵扯到了声带的后半段，导致声音有一部分卡在了喉咙里。很显然，这个男生是个中高手，不仅如此，他对于情感的把控也恰到好处。最后这个高音他完美地演绎出了一种千帆过尽后的潇洒，然而不同于岁月赋予的淡然，这份潇洒中带着几分邪魅，颇有种不疯魔不成活的意思。此时再看他这身破破烂烂的装扮和浮夸的眼妆，我才发现这和他演唱中所传达的情愫是多么的相得益彰。

一首歌毕，观众已经彻底沸腾了起来。看来这开场歌手的表演很是成功。

不知不觉间，酒吧里的人越来越多了。

07

林老师是在第四位歌手开始表演的时候到的,演出已经接近尾声。

"老师你怎么才到啊!刚才那几个人唱得都好棒!"我难以按捺激动的心情。

"能看到小水的演出就好,其他人就算唱得再好也超不过她。"

老师难掩的骄傲全都通过这轻描淡写的话语展露出来。我在心里暗暗起誓,总有一天我也要做最让老师骄傲的学生。

说话间,我们不约而同地望向台上,站在台上的女歌手看起来有些年纪了,一身白纱,十分素雅。她唱的是林忆莲的《为你我受冷风吹》,开口的第一句声音有些飘,但是情感十分充沛,每一个音符里似乎都是故事。唱到高潮的那句"我会试着放下往事,管它过去有多美",女歌手险些要破音。我看向林老师想询问一二,只见他正闭眼听得入迷,莫非是我功力太浅,听不出门道?

间奏的吉他声响起,我学着林老师的样子尽量将注意力全放在歌声上。随着歌曲的推进,本就凄婉清亮的歌声里更多了几分委屈。不知为何,这明明是有谱有声调的歌曲,在歌手的演绎下,却更似小女人痛彻心扉的倾诉与告白,仿佛正在进行一场与过去告别的仪式,就算过去如何缠绵悱恻,如今缘分已尽,再怎样肝肠寸断也只能一壶浊酒慰心伤。我看着台下观众的反应,不少方才尽兴热舞的人现在都一个个低头喝闷酒,脸上的表情不自觉地沉重起来。

歌曲进入尾声，只剩下简单的钢琴音伴着女声。还是那句"为你我受冷风吹"，却有了不一样的意思。情感从最开始痛失爱人的哀怨，过渡到了事已至此的无奈。我看向台上，陶醉的女歌手正微笑着流下两行清泪，像是刚刚讲完一个动人的故事。这故事很美，也很痛。笑容里仿佛带着时过境迁后再次成为孤家寡人的自嘲。

"她的唱法好土，"林老师像是在自言自语，"但是唱得真好。"

一边骂人又一边夸人，老师的话让我如丈二和尚摸不着头脑。

"林老师，您这话什么意思啊？"

"这个歌手的唱法已经是十几年前的东西了。你听她刚才的发声，是不是感觉像卡住一样，有些地方甚至还闷闷的。"

"对对对。"

"这是因为这种老派的唱法讲究的是气息先行，最喜欢做的事情就是教人顶肚子。这样就导致唱歌的人很容易乱用力气。刚刚那个女的很明显就是胸腔憋到力了，所以声音才会闷在里面。"

"这样啊……"

"而且这种唱法很挑人，如果不是资质特别好的人，很难练出来。"老师喝了口啤酒，"不过这个歌手资质算不错的，而且对情感的把控也做得非常到位。说她唱得好，就是因为她知道怎么用声音去讲故事，怎么去感染情绪。"

"那这个您以后会教我们吗？"

"这个东西教不了的。"林老师被我愚蠢的问题逗笑了，"这和一个人的阅历和经验是有关系的，所以有人说歌手这个职业是青春饭，我很反对。它和写作、画画任何一种艺术都一样,是离不开人生的积累的,只不过年轻人的声带条件肯定比上了年纪的人要好很多。虽然我是个教人技术的声乐老师,但也不是听歌只听技术的那种人。"

我点点头,慢慢消化着老师刚才的话。

不知不觉间这位女歌手第二首歌的演唱也接近尾声了。正在这时,同我们坐在一起的一个男人忽然站起身,手里不知道拿着什么东西,走向整间酒吧的正中央。

"他又来了。"陈木话里有话地说道,随后和林老师不约而同地会心一笑。

"怎么回事啊?他是谁啊?"

他们故弄玄虚的样子勾起了我的八卦心。

"等会儿跟你说,演出快开始了。"

陈木边说边示意我注视舞台。

08

荆水一上台,站在酒吧中间的男人就带头尖叫起来。这时我才发现他手中拿的是一台录像机。他叫得十分卖力,手中的录像机却始终不偏不倚地在那个黄金位置上矗立不动。

荆水换了一条黑色的开衩长裙,修长的双腿随着身体的舞动若隐若现，比起上台前的装扮，更多了几分娴静优雅。追光灯打下，像是覆在她身上的光环，让她显得愈发迷人起来。她回过头朝键盘手点头示意了一下，演出便正式开始了。

她演唱的第一首歌是碧昂丝的 *Die With You*，一首抒情的英文歌，伴奏只有几个简单的钢琴和弦。这样轻描淡写般的编曲是最考验歌手的唱功的，毕竟伴奏的乐器越少，就意味着人声需要展露的部分越多。

不过对于荆水这样的歌手来说，这样简简单单的伴奏反而凸显了她声音的优点。

整首歌没有爆发力极强的高音，但是荆水却用自己的方式唱出了整首歌循序渐进的层次感。每一个看似不经意的转音都像是伏在挚爱耳边的低声告白，情意绵绵，柔情似水，听得人如痴如醉。就连向来不给人好脸色的陈木，都在这温婉的歌声里柔软下来，眼睛里似有雾气在氤氲。

歌曲就在蜻蜓点水般的钢琴音中结束了，正如它开始时那样悄无声息。猝不及防中，贝斯的声音响起。几个八拍后，只听荆水用中气十足的声音说道："Bring the beating!（带起节拍！）"与此同时，架子鼓加入音乐声中，荆水顺势扯掉身下的半裙，潇洒地向后一甩，修长的双腿再次展露无遗，全场躁动起来。

主歌部分开始，我才辨认出这是碧昂丝的名曲 *Love On Top*。这可是一首难度极大的歌，而且要是我没判断错的话，这首歌并没有降调。荆水居然要唱这种连出道多年的专业歌手都不敢轻易挑战的歌曲，不禁让人替她捏把冷汗。然而看她在台上自由摆动的样子似乎很享受，在她的感染下，我也不再杞人忧天了，而是更加融入音乐中去。

第一段结束后，已然有不少人忍不住从椅子上站起来，气氛再度回到第一位歌手登台时的热烈场面。荆水似乎也越放越开，不仅舞步更加大胆，就连眼神也变得魅惑起来。看她那撩人的样子，不禁让人联想起著名的狐狸精苏妲己，就算她是妖精，我想此时此刻台下的男人也甘愿奉献上自己的凡身肉体吧。

不知不觉间歌曲行进到了最后不断升调的部分。当荆水将那段经典的曲调重复升调到第三遍的时候，全场已经没有人不站起来随她舞动了，整个酒吧仿佛一个几近燃点的炸弹，只差那么一点点氧气的助攻，下一秒就可以爆炸。然而荆水师姐似乎对现场的热烈氛围还不满意，仍在继续升调，甚至忘情到跪在了地上。随着她的声音越来越高，现场观众也越来越狂热。虽然她的脸被头发挡住，我看不清她的表情，但是从荆水的声音中我能感受到她的享受。正如歌词中唱的那样，"You are the one that I love. You are the one that I need."这仿佛就是此刻荆水师姐的心声。但这个"you"并非是某个具体的人，而是音乐。她强有力的声音中展现出的全是对音乐无穷无尽的热爱，如同燎原之火，无法控制。

随着音乐声戛然而止，第五个升调结束，全场一片沸腾，止不住的尖叫声与掌声如洪水猛兽般铺天盖地地向舞台席卷而去。荆水站起身，落落大方地深鞠一躬，嘴角带着优雅的微笑，愈发让人对她迷恋了。

09

"来,大家干杯!"

林老师东道主一般地举起杯子站起身。这已经是今天开的第七瓶酒了。酒过三巡,酒量不好的人脸上已然泛起微微红晕,话也变得多了起来。

这家离老师家不远的火锅店是老师经常带着师哥师姐聚会的地方,尤其是每次演出过后,不吃一顿"庆功宴"是绝不散伙的。店老板是潮汕人,与老师是同乡。那个时候潮汕牛肉火锅还没有烂大街,所以对于当时的我而言很是新奇。

锅一端上来,老师做的第一件事情不是招呼大家赶紧往里头倒肉,而是先不慌不忙地替每个人都盛了一碗汤。汤底是乌骨鸡熬的,味道十分鲜美。一碗热汤暖胃之后,今天的主菜才正式开始。先上来的两盘肉被片得很薄,整整齐齐地码放在盘中,看那鲜红的色泽,肉质应该十分精瘦。老师说这肉的名字叫作吊龙,入锅十秒就可以吃了,吃的就是一个鲜嫩。他先用大的漏勺替我们涮了半盘肉做示范,而后才放心地让我们每个人自己涮肉。

接下来的两盘肉与开始的两盘正好相反,全是白白的肥肉,老师说这是肥胼。本来怕腻不打算吃的我在老师和师兄师姐的怂恿下尝了一口,竟一下爱上了这嫩滑的口感。佐上沙茶和一种潮汕特色的豆瓣酱,真是人间美味。

那天是我第一次知道，原来牛肉有那么多种类、那么多吃法，也是第一次认识到原来人生也能有那么多无奈。

当桌上的美食被解决得七七八八的时候，荆水聊起自己的一个朋友要去参加选秀节目。我顺势见缝插针地问道："师姐为什么不去参加这样的节目啊？你的水准，可比大多数的选秀歌手要高多了。"

问题一出，全桌的人都不由自主地笑了，随后是一阵尴尬的沉默。

老师率先打破了僵局："哪有那么容易啊。"

话罢，是一抹无奈的笑。这神态让我想起了初见老师时他那句当歌手"没有那么简单的"，欲言又止中像是隐藏着什么不愿触碰的伤疤。

我忽然感到一阵愧疚："对……"

道歉的话还没有说出口，荆水抢先道："也没什么不能说的。在圈子里混几年你就明白了。"

我默默地看着荆水猛然灌下一大口啤酒，不敢说话。

"去年是我最后一次参加选秀。在此之前也和朋友参加过一些大大小小的比赛，但凡是那种决赛会在电视上播出的，都没有入选过。年轻的时候或许是因为唱功不够成熟，可是去年那次，让我对选秀，甚至对国内的音乐生态彻底绝望了。"

荆水说这话的时候并没有我想象的那样难过，更多的是无可奈何。

"说真的，谁不想红？大家都想红。但是以前的人好歹会把'想红'藏在肚子里，磨炼功力是第一位；现在的人大多都把'想红'写在脸上，至于唱得怎么样也就没那么重要了。"荆水撩了下头发继续道，"去年我和两个朋友去参加咱们这里地方卫视新引进的那个音乐比赛。一般一个新节目刚办起来的时候，还是会给透明的新人一些机会的，所以我们就去试了试。当时我们三个都通过了最后一轮的初选，可以上电视了。结果拍MV之前我被叫到电视台，关在一个小黑屋里，几个导演坐在那儿问我问题，诸如家庭背景、人生经历之类的。其实当时我就明白了，人家是想从你身上挖卖点。但是我真的非常讨厌和陌生人讲自己的隐私，况且这几年靠博同情换来人气的戏码大家早就看腻了，所以我就随便敷衍了几句。结果第二天我收到短信说我被淘汰了。"

荆水无奈地摊开手，脸上露出一丝嘲讽的笑容。

"但是我那两个朋友都晋级了，不过其中一个在入选二十强后，第一轮淘汰赛就被刷下来了。这个小姑娘当时只有二十岁，人长得又白又漂亮，导演组应该是想要重点栽培她的。结果不知道什么原因，那场比赛她唱了一首完全不在自己音域的歌，顺理成章地被淘汰了。第二个小姑娘比较厉害，红之前也经常和我一起在刚才的酒吧驻唱，她最后拿到了亚军。不过我现在已经没有她的消息了，据说她进入十六强之后就拉黑了所有以前的朋友。"

荆水并没有明说这其中蝇营狗苟的部分，但在座的每一个人，哪怕白痴如我，也早已明白了这其中的是非黑白。

虽然之后大家一直在插科打诨，但是气氛明显不如先前那般快活了。

临近半夜十二点的时候，大家才散了场。临走前，荆水邀请我加入了他们的微信群。群名叫"Neverland"——地球上最快乐的净土，又名梦幻岛。

10

陈木和我一同去地铁站赶末班车,途中手机响个不停,全是群聊消息。打开一看,所有的信息都是一个微信名称叫作"张三"的人发的,而且全都是荆水刚才演出时的照片。他接连发了十几张照片,中间还@了荆水两次,可是都没有得到回应。我点开大图看了看,顿时理解了荆水的冷淡。他发的照片,要么把荆水拍得像个炸毛的怪兽,要么不知从哪个魔幻角度把荆水的美腿硬是拍成了象腿。照片拍得丑又不修图,还问人家为什么不理他,这情商真是没谁了。

"这个叫张三的是谁啊?"

我问陈木。他笑而不语,只是举起右手,手臂紧紧地贴在身体右侧,除拇指外的四个手指微微弯起。

"嗯?"

见我还是不明白,陈木又夸张地张大嘴巴作尖叫状。

"那个人啊!"看着向来面瘫的陈木此时竟卖力地学着张三帮荆水录视频的样子,我不厚道地笑出声来,"你也太坏了,这么嘲笑人家。"

陈木耸了耸肩,冲我挑了下眉,像是在说:"又不怪我,他就是这个样子的。"

"他跟师姐是什么关系啊?"

"没什么关系。"陈木话里有话地答道。

"他是不是喜欢师姐?"

"连你都能看出来,那他肯定是喜欢荆水咯。"

"哦……那师姐喜欢他吗?"

我的八卦之心忽如一泓泉水喷薄而出。

"你看荆水在群里对他的态度,就知道肯定不喜欢啦。"

我点点头,没再说话。谁知陈木忽然长叹一口气说道:"他追荆水这么多年,也真是不容易。明眼人都看得出来他俩没戏,他还一直坚持不懈。"

"如果我没看错的话,他应该比师姐还矮吧?师姐不喜欢他也正常吧。"

陈木给了我一个不置可否的眼神,很快我反应过来自己刚才说的话多么刻薄,赶忙补充道:"不过话也不能这么说,要是两个人能在精神上有共同语言的话……"

"有个鬼啊。"未容我说完,陈木毫不客气地说道,"但凡能有一点共同语言,他们也不至于这么多年还是这个样子吧。荆水今年虽然也有三十多岁了,可是身边的追求者也还是一抓一把的。她不是那种将就的人,不然早就定下来了。"

"嗯。"

我低声附和。感情上的事情我没有多大的资格议论别人,毕竟我也没有正式谈过恋爱,况且当下我的心思也不在谈恋爱上。

"有时候我觉得,他之所以把自己的微信名字叫作'张三',也算是自嘲吧。'张三李四',说白了就是那种丢在人堆里找不着,毫无存在感的人。其实要是真说起来,他也算是精英了吧——留洋七年,名校毕业,现在在外企上班,家里还有一套房子。这条件也算是黄金王老五了。可惜这人就像个异性绝缘体，好不容易有个迎上来的，目的也不纯粹，所以就一直这么单着。"

"啊……"

"所以啊，有时候能不能追到女孩子还真不是那么简单。就算达到了世俗的标准又怎样？想找到真爱，得先解决自己的心病而不是钱包。"陈木避开我的眼神，看向别处，"张三的问题或许就是他的自卑吧。其实他也明白荆水的心思，所以这么多年从来没有表白过，更别说有任何暧昧举动了，缩在自己的壳里不敢向前，更不愿意放下。"

广播里响起冰冷的女声，末班车进站了。我告别陈木上了地铁，脑海里却一直闪现着他最后说话时的落寞。明明是在说别人，可听那口吻，又像是在自言自语着自己的心事。

11

下车的时候已然过了十二点了，然而街道上的灯依旧孜孜不倦地散发着光亮。若不是扑面而来的冷风提醒我现在已是深夜，恐怕我会以为这才九点钟吧。

我眯起眼睛望向远处，街旁的霓虹灯、路口的红绿灯都化作星光铺展开来，世界仿佛一首朦胧诗。这种"酒不醉人人自醉"的感觉让我有点理解为什么有人会沉迷于霓虹闪烁的夜生活。或许人生中有太多无可奈何的事情，梦想也好，感情也罢，人们需要一些不真切的存在来驱赶自己内心深处的无力。靠这昏黄不定的人造梦境聊以慰藉，恐怕是对可憎生活的最后一丁点反抗吧。

回到破败的合租屋，我惊讶地发现客厅的灯居然还亮着，王姐正坐在沙发上喝水。虽然她已经换上了睡衣，可看样子似乎还并不是很疲倦。

"你怎么回来得这么晚？"王姐的口气非常不友善。

"朋友聚会，就回来得晚了点，打扰到你休息了，不好意思。"我困极了，只想简单洗漱一下回房睡觉。

"朋友聚会？上次我叫你去唱歌，你推三阻四的，去了也不唱歌，我还以为你不喜欢人多的场合呢。"

"那要看是跟谁，咱们公司那些男同事，简直是衣冠禽兽，我上次也跟你说了他们私下的对话。"

"你看别人是衣冠禽兽，别人不定怎么看你呢。不管怎么说，以后不要回来这么晚了。会打扰我睡觉倒是不要紧，你一个小姑娘家，一个人在'魔都'，万一被人灌醉了，很容易出事的。"

"好的，我知道了，以后十点之前，我一定回家。"

这是继洗完澡要清理厕所下水道的头发、唱歌前要关好门、听歌要戴耳机等规矩之外，王姐给我立的新规矩——不许晚归。

也许她真的是为了我好吧。不这样安慰自己，又能怎样呢。尽管我们承担着一样的房租，可也许就是因为她比我大几岁，在公司又是前辈，生活中大事小事，她都要管着我，甚至欺负我。而作为弱者的我，也只好一忍再忍。

许多年后,当我有了很多很多的钱的时候,我好想回到十八岁,我想回去给那时候的我一些钱,让她不至于过得那么苦,让她不要受那么多委屈还选择苟且和忍让。

第七章

不能辜负曾经对未来充满期待的我

01

知道林老师自作主张帮我报名参加一个小型歌唱比赛的时候,我正在小心翼翼地啜一口茶,林老师刚说完,我就被滚烫的茶水呛到了。

"林老师,您没搞错吧?我现在这水平能去比赛吗?"

"那有什么不能的。你不是要当歌手吗,多在舞台上磨炼是必须的。"无视我激烈的反应,老师依然慢悠悠地品着茶。

"可是……"

"哎呀,没什么好可是的,要对自己有信心。我帮你报的这个比赛是一个KTV办的,选手水平参差不齐。你去练练胆子,没问题的。"

"那……我唱什么歌呢?"

虽然老师这么说,可毫无舞台经验的我对自己还是没有一点底气。

"就唱你擅长的咯。"

老师给的答案模棱两可,更让我头疼了。似乎是看穿了我心中的疑惑,老师接着补充道:"你可以听听之前录过的歌,觉得哪首最好听就唱哪首,但是尽量不要选那种音调太平的歌。"

我点点头,同时打开手机上的日历盘算时间。此时距离初赛还有三周时间,准备一首歌应该是足够了。

"你今天回去之后决定好要唱什么歌,下个礼拜来我会再帮你仔细提点一下。"

看样子这下是没有退路了。

那天告别老师后,我就一直在家里听歌唱歌,只求找到一首自己唱得最好的。说来也是有些对不住王姐,虽然搬来之前就跟她说了,我可能会制造一些别人眼中的"噪音",而她也接受了,但长久相处下来,我很担心以她的耐心,能够包容我多久。

02

周三的傍晚,我正在家里"号叫"着爱莉安娜·格兰德的 *Bang Bang*,老师说不要选择"音调太平的歌",所以这几天我都在听一些能让人兴奋的歌,而这其中欧美的歌占到了大多数。由于唱得太过忘情,我甚至都没听见王姐回家的开门声。直到夜里八点半,一阵强有力的捶门声终止了我的狂欢。

摘下耳机打开房门,还未容我看清对方的表情,就听见王姐尖厉的声音直冲云霄,几乎要把天花板给掀翻了:"你看看表,你看看表,这都几点了!你能不能消停会儿!"

"我……"

"就算我还没睡,你也不能这样啊!好不容易上完一天班回来,连个清静点的地儿都找不着！"

"对不起，王姐，我……"

"我我我，我什么我！你眼里还有没有别人！你在这儿吵吵得我都没办法给客户打电话了，你知道吗你！"

王姐连珠炮似的批评呛得我毫无辩驳的余地。她越说越激动，唾沫星子飞了我一脸。

"别以为人家夸你两句你就是歌星了，这个月主管派给你的五百个家长电话的任务完成了吗？工作都没做好就别成天想这些不切实际的事儿！你说说你，哪个月的电话任务是真正完成了的？别到时候又让我替你说情！"

虽然这件事情是我理亏，可是王姐那句"别以为人家夸你两句你就是歌星了"有如一把透着凛冽寒光的匕首直直抵住我的喉咙，不仅没有让我恐惧，反而更生一种"宁死不屈"的反叛。

"怎么？不服气啊？"王姐轻蔑地打量着我，"以后少看什么'生活不止眼前的苟且，还有诗和远方'的鸡汤，那些都是骗你们这种生瓜蛋子的，只有握在手里的钞票是实打实的。我告诉你，人如果想要在这个世界上生存，就必须苟且！少做些不切实际的歌星梦！"

话罢，王姐转身而去。不一会儿，我听见她又恢复了平日里谄媚的声音："您好，是×××的家长吧？我是上榜教育的老师……"

王姐摔门时带起的风似乎还未散去，那如刀般的寒意剐在脸上，仿佛一记凶狠的耳光，然而越是疼，我就越是清醒。

或许从机场逃跑的那一刻起我就已经预料到了这一幕吧，冷嘲热讽、落井下石，在以后的日子里，这些只可能有增无减。出乎意料的是，被信任的人这样羞辱，我竟然没有流下一滴眼泪，相反的，我感觉我的心上似乎多了一件铠甲，让我变得前所未有地刚强与坚毅。

是啊，现在的我就是在"苟且"。

然而"苟且"不能是为了尽快地实现"梦想"吗？

难道人生下来就非得被命运推着走吗？

不，我不要成为那无数可怜虫中的一个，我也绝不会成为那无数可怜虫中的一个。

我一定不会。

03

在忍耐中，我迎来了每年一次的、最让老实人不能忍的一个节日——愚人节。

一进公司，我就感觉所有人都在冲我讪笑，不过忙着接待学生家长的我并没有精力去研究这笑容背后的深意。也不知是不是老天爷同我们开的一个玩笑，经过上次"泄题"闹事后，我们机构非但没有受到停业整顿的惩罚，反而因此名气大增，越来越多的学生家长涌了上来。尤其是双休日，那门庭若市的景象，都快赶上菜市场了。

忙了一个上午，好不容易到午饭时间，我领了盒饭朝休息室走去，途中遇见崔明强，出乎意料的是今天他居然没有主动和我打招呼。不过这也算是好事，我本就不喜欢他，没有他的叨扰反倒更能好好休息。然而当我走到休息室里我习惯用的桌椅前时，我才意识到今天我大概是不得安宁了。

桌子上摆着一束红玫瑰，玫瑰外面用原木色的纸仔细地包裹着，纸的外层又覆上了同色系的网纱，最后用白色蕾丝系了个大蝴蝶结。收到这样浪漫的一束玫瑰，没有哪个女生会不兴奋的吧。然而当我仔细读完玫瑰上附的小卡片时，兴奋一下被打消了一半。

　　给最美丽的凡佳玮小姐。

——Q

署名只有简简单单的一个字母Q。是谁给女生送玫瑰还不敢留真名？又或者这只是一个恶作剧？不过看这花的样子似乎挺正常的，不像是里面藏了毛毛虫之类的东西。我环顾四周，企图凭这一瞥找出这个神秘的Q。

早上那些讪笑的女同事们正若无其事地低头吃饭，不过从那一个个隐约抖动着的肩膀来看，她们正努力地忍着不让自己在我面前笑出来。最淡定的是崔明强，就连夏凡同他讲话他也只是随意点个头或者"嗯"一声，不过想到平日里的"崔老师"也向来是这样不动声色，今天似乎也没有什么特别反常的举动。直到夏凡把手搭在崔明强身上，他嫌弃躲开的时候，真相才一点点露出端倪。

夏凡不怀好意地朝我的方向瞥了一眼——虽然目光并没有落在某个焦

点上,但我可以感觉到他确实是在看我。崔明强一把扯过夏凡的衣领,嘴凑到夏凡的耳旁嘀咕着什么。我看到他的脸涨得通红,这是从未有过的。

Q——不正是"强"字拼音的首字母吗?

被这样的人告白,我丝毫感受不到荷尔蒙上涌的兴奋,正相反,这束"浪漫"的玫瑰,这张"情意绵绵"的卡片,有如一条鼻涕虫缓慢地爬过身上的每一寸肌肤,我被黏腻的恶心感包裹着,却又因自己无力摆脱它而感到羞耻。恼怒充斥着我的大脑,如果可以的话,我恨不得下一秒就把这烫手的玫瑰甩在崔明强的面前。可是理智告诉我,仅凭着自己无端的猜测,我没有办法这么做。况且就算自己能够证明这就是崔明强送的又如何呢?这只会让同事间的流言蜚语越传越玄乎吧——而且在大多数人心中,这位"崔老师"可是位不折不扣的"正人君子"。

我丢掉了只吃了两口的饭,让那束玫瑰原封不动地躺在桌子上。

愚人节嘛。谁会把这一天的表白当真呢?

所以,就当这一切没发生过,就好了。

04

晚上七点半,学生老师们都走光了,只剩下整理今天收到的家长信息表的我,和乐此不疲地一个接一个打电话的王姐。

距离我们上次大吵已经过去整整三天了,这期间我们没有说一句话。

对于普通朋友而言，三天互不来往算不得什么，然而对于同住一个屋檐下的人来说，三天已是漫长的煎熬。

在向电脑里录入完最后一份家长信息后，我决定率先打破僵局："王姐，我已经做完了，要不要我等你一起回家？"

王姐的手正放在拨号盘上预备打下一个电话，听到我的问题的时候，她明显迟疑了一下，有一瞬间眼神放空，然而她很快又继续按下整串电话号码等着对方接听，仿佛什么事情都没发生过。

她愣了一下就代表她还是在意我说的话的。这是个好兆头。

我在脑海里幻想着我们和好如初的画面，心中暗暗窃喜。为了进一步表明自己的态度，我去给王姐接了一杯温水，回来的时候，王姐正放下电话，看样子这个电话应该没打通。我见缝插针地把杯子递过去："王姐，喝口水吧。"

她接过纸杯却并没有往嘴边送，而是放到办公桌上，然后随手拿起桌上的号码簿，佯装翻阅的样子。我静静地站在桌前，心却扑通扑通地跳，脑海里盘算着等会儿该用什么样的姿态和王姐说话。我感觉现在的自己就像个犯了错被老师叫去谈话的学生，又害怕被老师骂得狗血淋头，又盼望着老师赶紧骂完自己，这桩事就能早点了结。然而事情接下来的走向却十分出乎我的意料。

"你怎么还站在这儿啊？工作做完了就赶紧走呗，人家崔老师还等着你呢。"

王姐并没有抬头看我，但语气里满是不屑，还有一丝——如果我没猜错的话，像是嫉妒的东西。

"王姐,你误会了,我跟他不是那种关系。"

我焦急地解释着,恨不得掏出自己的心让王姐清清楚楚地看到这里面并没有"崔明强"这三个字。一是为了化解我们之间的矛盾,二是我本就对这位衣冠楚楚的"崔老师"没有半分好感,甚至十分厌恶。

"哪种关系啊?"王姐放下手里的册子,喝了口水,同时还向我翻了个白眼,"连傻子都能看出你们俩之间那点破事儿。如果不是那种关系,人家天天给你朋友圈点赞干吗?人家给你朋友圈留言发爱心表情的时候你回复他干吗?"

虽然表面上镇定,但是白衬衫下王姐一起一伏的胸脯暴露了她的激动。

"点赞是他自己要点的,我每次回复他一个'谢谢'只是出于礼貌,还有今天那束玫瑰花我也不知道他为什么要买,我……"

我感觉自己像被架在了火堆上,无助又恐惧,而周围的人非但不帮我,反而正高声喊着:"烧死她,烧死她!"这让我无比绝望,绝望得想要放声大叫却连一个音节都发不出。

"哟,怎么说不出话了?"王姐的嘴角闪过一抹挑衅的笑,"你还有什么好解释的啊,你看看你现在这样,不明摆着承认自己跟强子睡过了吗!"

"你给我闭嘴!"

我耗尽全身的力气喊出这句话,喊到脸涨得通红,喊到脑袋缺氧,喊到视线模糊,却依然不想停下来,好像再怎样声嘶力竭都无法宣泄我的屈辱与愤怒。直到冰冷的液体划过我的额头、我的眼睛、我的脸颊、我的嘴唇、我的脖子……我不受控制地打了个寒战,眼前才再次清晰起来。那熟悉的嘴脸再度出现,带着更多的轻蔑。

"不就说了句实话吗,要不要这样大惊小怪。又要当婊子又要立牌坊,真是好笑!"

王姐穿上外套背起包,径自朝门外走去。桌上白色的纸杯空空如也。

我听见高跟鞋踩在地面上的"嗒嗒"声,感到悲哀又心寒。

我现在这副狼狈的样子不正是在"苟且"吗?可怜的、卑微的苟且。我跌坐在地上,失神地望着窗外。看看啊,这繁华的大都市,高楼林立、车水马龙,却没有一处属于我的角落。我的鼻子泛着酸意,眼里有雾气氤氲,可那泪珠却怎么也落不下来。因为彼时的我尚存着一口气,一口不甘堕落、不愿服输的气。眼泪是属于弱者的,而我不要做那个所谓的弱者。梦想还没有实现,我不能被生活打垮。

许多年后,当我有了很多很多的钱的时候,我好想回到十八岁,我想回去给那时候的我一些钱,让她不至于过得那么苦,让她不要受那么多委屈还选择苟且和忍让。

我只能用音乐梦想来给自己洗脑,什么"天将降大任于斯人也"之类的话,我对自己说了无数遍,但我仍旧无法忘掉那天的不愉快。生活毕竟不是电影,谁也没有打不死的主角光环,一觉醒来就能满血复活。等待着我们的只有数不尽的、未知的考验。

第八章

只是想获得一点起码的尊重

01

在家的时候,我想获得父母的尊重;在公司的时候,我想获得同事的尊重。可惜都只停留在"我想",也许是我太懦弱了,没有人尊重我。

陌生人带给你的耻辱,和家人带给你的比起来,究竟哪个更让人难以忍受?我不知道。我只知道,愚人节过后,我在"上榜教育"待的每一秒,都像在承受钝刀子割肉一样的折磨。

我只能用音乐梦想来给自己洗脑,什么"天将降大任于斯人也"之类的话,我对自己说了无数遍,但我仍旧无法忘掉那天的不愉快。生活毕竟不是电影,谁也没有打不死的主角光环,一觉醒来就能满血复活。等待着我们的只有数不尽的、未知的考验。

也许是实在看我太不爽了,王姐在痛骂我之后,又搞了一次釜底抽薪。

愚人节过后的第三天夜里,我洗漱完毕回到房间,想把前天取的夹在杂志里的钱放进钱包里,好在第二天交下一个课时的学费。然而当我打开衣柜最下层的抽屉,想从层层叠叠的杂志中找出夹着钱的那本时,我傻眼了。

不仅没有钱,连我过去买的那些音乐杂志也不见了。油墨混合着木头的香气仍旧不断飘散出来，似乎在说这些东西并没有消失，它们只是调皮地和我玩起了捉迷藏。可是我找遍屋里所有的角落，最后无力地发现，这些钱真的不见了。我瘫坐在地上，脑子里"嗡嗡"地响着，像是有人在我身旁打碎了花瓶，刺耳的声响震得人一时半会儿都回不过神来。

我努力在脑海里搜寻着我还有可能把钱放到了什么地方，却越想越乱越想越焦虑。脑子里仿佛有个绞肉机正在疯狂运转，把原本清晰的一切撕碎成条，再切割成块，最终捣碎成泥，混乱恶心如呕吐物一般。

对了，会不会是有人入室盗窃呢？

像是好不容易在一团乱麻中找到了一根线头，不管三七二十一，先急忙扯起来再说。我站起身一个箭步从这狭小空间的一侧跨到另一侧，企图检查窗户是否有损坏的地方。然而开开关关好几次之后，我失落地发现它好用得不像话。于是我再一次陷入焦虑当中。

会不会是我昨晚睡觉的时候压根儿就忘了关窗？

不过就算我忘了关窗又怎样？这窗户窄得连我一个瘦瘦小小的姑娘都不能穿过去。就算小偷好不容易翻窗进来了，我的床是靠窗放的，他根本无处落脚，只能一脚踩在床上把我惊醒。

那到底会在哪儿啊？

我用力地扯着头发，想通过疼痛的刺激让自己的脑子再运转得快一些。正当这时，门外响起电视机打开的声音。

莫非……是王彩凤？

当我冒出这个念头的时候，忽然觉得自己无比小人。就算我们吵得不可开交，她也不至于做这种事情吧？可是即使这样想，我仍旧控制不住起身走出房间。

02

王彩凤横卧在沙发上,像一条肥腻的虫子一般占满了整个沙发。见我走来,她也并没有要起身的意思,继续往嘴里塞着零食,看她的肥皂剧。这样也好,反正我也不愿意和她同坐一张沙发,要是她起身了,反倒显得尴尬。

"你是不是进过我的房间?"

简单利落,不留余地。本以为这样直接的问题能吓住对方,可谁知她仍旧一副若无其事的样子,头也不回地答道:"没有。"

"真的没有吗?你好好想想。"

"说了没有就是没有。我成天忙得要死,哪有空去你房里瞎转悠!"

王彩凤的语气里带着埋怨的愠怒,我的气势一下就被削弱了一半。

"那……你有没有看到我的一堆杂志?"

"杂志?什么杂志?"

"就是一些音乐方面的杂志,有中文的也有英文的。"我边说边用手在胸前比画,"大概这么高一摞。"

"那些啊——我拿去卖废纸了。"

"卖废纸!"指甲深深嵌进掌心的肉里,我拼命压抑着自己不要发火,却还是被她故弄玄虚的口吻给恶心到了。

"怎么啦?至于这么大惊小怪吗?"

王彩凤放下手边的零食,转头打量着我,好像看一个笑话。

"那书里夹着的五千块钱呢?"

"什么五千块钱?"

虽然是问句,可口气里听不出一丝真心实意的关切,无论是对我,还是对钱。精打细算如她,五千块不是笔小数目,怎么可能这么淡定?这般欲盖弥彰的表现,坚定了我心中最坏的想法,也彻底撕碎了我们之间最后一点情谊。

只有当你和一个人之间还存在情分的时候,才可能因她而产生各种各样的情绪,快乐也好,愤怒也罢,这一切感受都离不开感情基础。然而当这份感情彻底破灭的时候,你剩下的只有厌倦,你觉得在这个人身上多花一秒都是浪费。

"哦,没什么。"

我转身回到卧室,关门的时候,身后传来一句"莫名其妙"。

呵,这个可悲的女人。

03

去上课的路上,我绕路去了银行,又取出五千块钱。这一下,卡里的余额就只剩下三万五了。虽说我现在也上着班,可是因为怎么也学不会王彩凤的巧言令色和厚脸皮,每个月我基本就只能拿三千块钱的底薪;只有碰上开学的时候,才偶尔能谈成几笔生意,就算这样我也不忍心逼那些家长多买几期课程,所以能拿到一千块钱的提成都算是烧高香了。这一点工资,光是房租和平时吃饭出行,就已经被消耗得差不多了,根本存不下什么钱。眼下的这点存款,只够再支撑我跟着林老师学习十个月。如果十个月之内我还不能找到其他赚钱的法子,怕是只能搬进城中村,和七八个不认识的人一起住廉租房,每天靠吃方便面度日了。要不然就只能……

不行,我怎么可以有这种想法!凡佳玮啊凡佳玮,你才坚持了多久就想放弃?你记不记得当初你放弃了多么优渥的生活才换来今日追逐梦想的自由?你早就没有退路了。我告诉你,事到如今,你只有死磕到底的份儿。

不想那么多了,我得振作起来。事情还没有发展到那么糟糕的程度,不是吗?

然而就算自己再怎么想装作若无其事,却还是骗不过自己的心。忧虑重重的自己,练声的时候总是在换声点出问题。见我不在状态,老师倒也没有勉强,而是唤我坐下喝茶,随意聊了起来。

"比赛的歌准备得怎么样?"

"嗯,选好了。"

"那唱来听听。"

我一直记着老师说的,不能选"太平"的歌,于是在斟酌了一个礼拜后,最终决定要唱凯莉·克拉克森的 *Stronger*。我本来自信满满地认为老师会赞许我这样的选择,可刚进入副歌部分就被喊了停。

"怎么了?"

不知为什么,此时的我紧张得涨红了脸。

"你的嗓音是属于那种空灵飘逸的,虽然不是说不能唱这种很High的欧美歌,但是有时候就会显得很违和。"老师的眉头皱了一下,像是在费劲搜寻着恰当的措辞,"尤其是这首歌,原唱的音色很明显是比你的要更厚重更低沉的,也会感觉更有力量。你的唱功是完全没问题的,不过你如果想唱这首歌的话,最好能找到一个更柔的版本,要么就不要唱。"

"可是……您说不能选太平的歌的……"我犹豫着说出了心中的困惑。

本以为老师会以一种恨铁不成钢的姿态教育我,谁知他却笑了:"我说的不能太平是指这首歌要有明显的层次递进,也要有一些高音的部分可以让你展示自己的音色。"见我仍旧不明白,他继续道,"举个例子,民谣歌曲听了会让人放松、心绪平和,可是大多数民谣歌曲的曲调都是很平的,就是说它没有高音区的部分。不是说这种歌不好,只是这种歌不适合现场比赛,尤其是评委并不是那么专业的比赛。他听不出太多的细节,就很容易通过歌曲本身的难度来评判选手的水平。"

"我明白了。"我点头道,"那……我到底要选什么歌呢?"

"嗯……"林老师闭上眼思索着,"其实你之前上课时录的那首《红豆》就不错啊,比较适合你。"

"真的吗?"

"当然。"

见我愁眉不展的，老师接着补充道："不用紧张，还有时间准备。回去好好休息，有时候过度疲惫也是会影响状态的。"

"谢谢老师。"

我低着头闷声说道，一阵酸意涌上鼻尖。在仓促地告别后，我逃也似的离开了老师家，莫名的羞耻感包裹着我，感觉此刻的自己有如一个逃犯。面对着电梯里的镜子，今天的我显得格外落寞。我借以麻醉自己、让自己逃避现实残酷的音乐课，也失去了它平时的魅力。

或许这就是独在异乡的代价吧。

04

再怎样沮丧无助，生活总是要继续的。

回合租屋的路上，我去五金店里买了好几把锁，拿在手里沉甸甸的，像是肩上的责任。再也不是小孩子了，一切只能靠自己。

我不再想着钱的事情，也明白自己无凭无据的，这钱根本就要不回来。我只期望着自己能赶紧找到合适的房子搬走，大家好聚好散。毕竟，王姐也曾帮过我不少。本想着息事宁人，然而当我打开房门的一刻，在人生的第十八年即将结束的时候，第一次见识到，人，居然可以如此丑恶。

地板上，我的衣服、袜子、内衣横七竖八地躺着，有些甚至还是湿漉漉的。见我回来，王彩凤若无其事地在屋里走来走去，似乎完全没看到在她脚边的衣服。

"你在干什么啊!"

我怒不可遏地冲她喊道,同时蹲下身,迅速地拾起我的衣服。她站在原地,以一种居高临下的姿态看着我,仿佛此刻的我是跪倒在她脚边的奴隶。

"没干什么啊。我今天下午洗了衣服,没地方晾。你的衣服占满了阳台,八百辈子不收一回,我好心帮你收回来而已。"

"那也不能就这样扔在地上啊!"

若不是双手被这或湿或干的脏衣服占据,我真恨不得冲上去给她一巴掌。而王彩凤似乎也看穿了我这层心思,竟轻蔑地笑了:"怎么?还想让我帮你叠好放进衣柜里啊?是不是我平时对你太好你就把我当成老妈子了?都多大的人了,羞不羞。"

"你……"

我越是生气就越说不出话来,胸口憋着一口气,脸涨得通红。然而我越是愤怒,王彩凤就越是得意,甚至还哼起了小曲,全当我是隐形的。

我努力克制着,不让自己在这个无耻小人面前哭出来,然而回到房间的那一刻,还是委屈地流下了眼泪。不想被王彩凤看轻,所以我忍着不让自己哭出声来,直到咬破了嘴唇。用手拭去眼泪的时候,那混进透明泪珠的一抹红像是扎进心里的一把刀,刺得我生疼而又清醒。

就算头破血流,也绝不能被打垮。

当初那个坚定又勇敢的凡佳玮去哪了?怎么这么轻易就认输了呢?

不行,我要振作起来!

虽然活了十八年，却像温室里的花朵一样被养了十八年。才刚明白一些事理，就被丢进了学校，除了学习成绩，老师和家长什么也不让我们操心。父母和老师这种大包大揽只顾成绩的方式，看似在保护我们这些祖国未来的花朵，实则是让我们，尤其是让我这样性格内向的人，一旦离开校园，就会在社会中迷失。遇到侵害不知道如何有分寸地抗争，遇到帮助又不明白感恩到什么程度或者用什么方式感恩才妥当。就像郁达夫说的那样，不知不觉中，性格已经和这个社会格格不入。

第九章

或许只有强大才能获得公平

01

接下来的两周时间里,我一边找房子一边准备比赛的曲目。

几个月没有关注房价行情,同样的户型,房租竟然相较我刚来"魔都"时涨了近五百块钱。记得过去写作文的时候,常会用到"日新月异"这个词,然而对于生活在小县城里的人来说,"平淡如水"才是更加真切的体会。对于追求安逸的人而言,那样的日子或许正合心意,可是对于满腔热血的年轻人来说,"平淡如水"的另一个代名词就是"无聊至死"。如今到了大城市生活,真的和"日新月异"有了切身的交集,才发现这背后满是血淋淋的残酷。如果你无法跟上时代的步伐,便注定会成为历史进程中一粒无名的炮灰。

而现在的我,卡在"被淘汰"还是"继续前进"的关口,看似离梦想越来越近,生活却没有发生什么实质性的改变,甚至还有越来越糟的倾向。

每天早上上班的路上,看着周围步履匆匆面容麻木的人,常有错觉,似乎我们都只是僵尸而已,受金钱的驱动,为了生存而盲目奔走。至于梦想?顾名思义,不过就是梦里想想罢了。

我变得无比理智却又心灰意冷。和讨厌的人同住一个屋檐下,再也没

或许 / 只有强大 / 才能获得 / 公平

有关起门来痛哭过,却也几乎感受不到纯粹的快乐。

眼看比赛越来越近,我明白以我这样的状态,是很难唱出好成绩的。可是就像掉入了沼泽里,越挣扎,似乎陷得越深了。

02

比赛的选手一共有八十个左右,按照抽签顺序,我是第三个。也就是说,一旦主持人上台报幕,我就基本上没有时间再准备了。

比赛的场地是在徐家汇一个大型商场的地下一层。这里有一个舞台,就是常年租给各路商户办活动打广告的。这场比赛是由某个KTV品牌承办的,自然免不了广告宣传。然而我万万没想到的是,比赛开始前十分钟,四处发传单的工作人员就已经吸引到了上百的人流,将舞台前小小的一片空地围了个水泄不通,甚至还堵住了隔壁餐厅的大门;再加上这商场算是半开放式的,楼上几层的顾客也都能趴在围栏边看到这下面比赛的盛况。被楼上楼下三百六十度围观,让我更添了几分紧张,转眼间我的手心就被汗浸湿了。

"放心吧,你没问题的。"

听到这熟悉的话语,我还以为林老师忽然出现在了现场,转过头却看到了陈木的身影。他向来没什么表情的脸上竟然露出了难得一见的笑容,坚定的目光温柔如水,竟然让人觉得……有几分温暖。

"你怎么在这里？林老师告诉你的吗？"我也笑着问他。让我诧异的是，如此紧张的氛围里，刚才自己的笑容居然不是礼节性的强颜欢笑，我的心竟因为陈木的一句话而慢慢恢复了平静。

这个家伙在我心里的地位原来这么重要吗？

还未容我多想，第一位选手已经登台开始了自我介绍。这是一个看起来和我差不多大的女生，她要演唱的是梁静茹的《宁夏》，一首简单欢快的歌曲。然而当她一开口，我忽然有点后悔我刚才对于这首歌的评价，因为对于她而言，这首歌似乎并不那么"简单"。

主歌开始前的哼唱部分就足以暴露出她并没有专业练习过唱歌。虽然哼唱的声音很轻，但可以明显听出所有的声音都是从鼻腔中发出的。等一进入主歌，更致命的问题立刻就暴露了——她完全是在捏着嗓子唱歌，所有的声音都是经过无用的压缩后出来的。这样的声音或许听起来会很甜，但是只能应付一些低难度的歌，一旦遇见高音就很容易崩坏。

果不其然，还没等进入副歌部分，女生唱到"思念着你的脸"就破音了。评委也是毫不客气，立刻就摇铃示意她下台。

虽然这是个糟糕的开场，但是却让我增加了一些信心。如果这场比赛里大多数人都是这样的业余水平，那还真是像老师说的，我大可以放心去唱。

第二个选手虽然比第一个选手好点，但整体水平仍旧不怎么样，也是唱了一半就被评委摇铃赶下去了。

转眼轮到我站上舞台，在简单的自我介绍后，伴奏响起。

或许 / 只有强大 / 才能获得 / 公平

03

    本以为熟悉的音乐能够让我心安，结果我反而更加紧张。眼前的人似乎都在一瞬间被放到无限大，还有那些议论声也嗡嗡嗡地往耳朵里钻。

    站在舞台中间的我像是被人放在了显微镜下，我的一举一动都被人看得清清楚楚，身体好像已经不再属于自己了。一阵又一阵的眩晕袭来，我感觉双脚软绵绵的，仅凭着下意识跟着伴奏唱出乐章。

    我想起荆水在台上收放自如的肢体动作，也想跟着模仿学习，然而手脚却不听使唤，呆呆地停留在原处；就算好不容易有了些活动，也只是些多余的小动作，反而让整个人显得更加愚蠢。所以我干脆忘了这码事，老老实实地让自己投入音乐中去。也许一开始那个培训学校的校长是对的，我确实应该多上几节形体课，不然很难有荆水那样的舞台风范。说到那个学校，最终他们也没有退钱给我。这些机构在招生的时候，总是把你捧成大爷，一旦交了钱，不管他们做错了什么，你都变成了孙子。

    言归正传，主歌部分我还是顺利地唱完了，我心中暗暗高兴没有出岔子，评委也没有摇铃，然而接下来我就体会到了什么叫得意忘形。

    有时候有时候
    我会相信一切有尽头
    相聚离开都有时候
    没有什么会永垂不朽

……

第一段的副歌唱到一半,我觉得胜利的旗帜已然在前方朝我挥手了。只要再把这一段重复一遍就OK了。我对自己说道。

正是这愚蠢的想法和一瞬的分神让我酿成了接下来的大错。

"可是我有时候,我会相信一切有尽头……"虽然曲调没有唱错,然而那一句驴唇不对马嘴的歌词冒出来的时候,我心里的第一反应是,我完蛋了。凭借着平日里老师对我的训练和我对这首歌的熟悉度,我强装淡定地唱完了整段。当我在心里暗暗为自己打气,下一段要好好唱的时候,忽然听到了刺耳的"丁零零"的声音。

评委摇铃了。

是啊,就算评委再不专业,如此脍炙人口的一首歌,我唱错一句词他们也总能听出来吧。或许正应了王彩凤的那句话,别以为人家夸我两句我就是歌星了。哪怕这肯定来自于老师,来自于荆水,来自于陈木……

自己有几斤几两我难道还不清楚吗?我刚才那可笑的自信只不过是源于半瓶子醋乱晃的无知的自大。

我强颜欢笑着鞠躬下台,听着身后新的选手迈上台的脚步声,感到脸上一阵火辣辣的疼。人群中那些交头接耳、嬉笑怒骂的声音好像都是在嘲笑我似的。我不敢直视任何人的眼睛,仿佛只要看了他们一眼,就会受到无穷无尽的谴责。

在音乐这条路上,明明从未有人苛责过我什么,我却像时刻背负着千斤重担,直到此刻,那压死骆驼的最后一根稻草耗尽了我最后一点自欺欺

或许 / 只有强大 / 才能获得 / 公平

人的自尊心。

04

"你干吗呀,走得这么快。"

不知不觉间我已经疾走过两个红绿灯路口。我逃也似的离开那个见证了我的窘迫的地方,像是灵魂出窍一样,只顾着自己发泄。

"啊……不好意思。那个……谢谢你今天来陪我比赛。"我停下来,想和陈木告别。

"嗯,你饿不饿呀?要不咱们去吃点东西吧?我知道这附近有一家甜品店,吃点甜食心情会好一些。"我的沮丧显然写在了脸上。比起唱歌比赛的失败,让陈木亲眼看到我的失败,更让我难过。

"不用破费了,我没胃口。"我一口回绝。

"只是一个小挫折嘛,不要气馁,以后还会有机会的。"还未容我再多推辞,陈木已经拉起我的手腕往回走去。

看着身旁的车水马龙朝同我相反的方向快速闪过,我感觉自己仿佛那个逆流而上孤注一掷的人,而此刻那只紧紧牵引着我的温暖的手,就是我能依靠的全部了。

如他所说,这是一家甜品店,店内的装饰是清一色的粉色配白色。一进门就能看到一个摆在桌上的半人高的蛋糕模型,"蛋糕"共有三层,下面两层就是简单的白色奶油配上一些糖果装饰,最上层有一个大大的镶金边的粉色蝴蝶结,在屋顶水晶灯的映射下显得格外雍容夺目。除此之外,店里大到桌椅小到盆栽、餐具的摆设也都别具匠心。陈木居然还知道如此少女心炸裂的地方,真是出乎意料。

我挑了角落里一个靠窗的位子坐下,陈木则去点餐。这里的座椅都是白色木质的,座位上镶嵌了沙发软垫,是深粉色的绒面材质。靠墙的一排沙发上摆满了各式各样的洋娃娃和粉白两色的方形抱枕,让人有种想躺在这里睡午觉的冲动。

不一会儿陈木就端着餐盘过来了。他点了一壶饮料和一块蛋糕。陈木往两个小杯子中斟满了深红色的茶水后,我小心翼翼地啜饮一口,除了红茶本身的茶香,还多了一份类似柠檬香气的甘洌。虽然就是再普通不过的伯爵红茶,但是对于第一次喝到的我来说,也是很新奇的。

"你吃吧,这里的红豆蛋糕是招牌。"陈木说道。

"啊........."

"没事的。"

见我仍不动勺子,他才恍然大悟,然后用小刀仔细地将那蛋糕切成两块。

"这下可以放心吃了吧。"

不知道是不是为了安慰我,这一天他展露笑容的次数格外多。仔细观察,其实陈木笑起来的样子挺可爱的,与平时只知板着一张扑克脸的他判若两人。每当这时,他的两只眼睛便再也不受那刻板黑框眼镜的阻碍,变得鲜活闪烁起来;嘴角微微上扬,露出洁白整齐的牙齿,脸颊两侧还有两个小小的酒窝。虽然他并不是那种长得很帅的男生,但是当他笑起来时,却有一种莫名的治愈感。

似乎在这样的他的驱使下,我没有理由拒绝他的任何要求。于是我拿起勺子取了一小块蛋糕放入嘴里。

软绵的蛋糕入口即化,最先在味蕾上绽开的并非红豆的味道,而是浓郁的芝士香,宛若丝滑的绸缎在舌尖铺展开来,只为下一步做准备;当芝士香慢慢散去的时候,熟悉的红豆香才肆无忌惮地在嘴里游转。

不知是不是这味道太过熟悉,还是那甜腻的滋味戳中了心底的某处,我竟然在咬下第一口后难以抑制地悲从中来,在大庭广众之下湿了眼眶。

05

"红豆生南国,春来发几枝。愿君多采撷,此物最相思。"

我下意识地背诵出这熟悉得不能再熟悉的诗句,眼前浮现出妈妈满意的笑脸。

"玮玮真厉害!来,吃口红豆冰。"妈妈的手亲昵地在我的鼻尖蹭了一下,"以后啊,玮玮每背出一首诗,妈妈就给玮玮做红豆冰吃,好不好啊?"

"好……"

我刚想答应,一个"好"字还没完全说出口,妈妈的脸就忽然变得扭曲模糊起来，然后天地开始旋转，转而出现一张男人的脸。紧接着妈妈的声音也变得粗犷了起来，我再也听不清她说的是什么话，只见面前的嘴一张一合，耳朵里混沌一片……

"凡佳玮？凡佳玮？你没事吧？……你说话呀！"

伴随着一阵剧烈的摇晃，我看到了陈木焦灼的脸。我本想强装镇定地告诉他"我很好，我没事"，可是却怎么也开不了口。像是忽然丧失了说话的功能，不知该如何表达情绪的我一下子号啕大哭起来。

父母的反对，王彩凤的羞辱，莫名消失的存款，比赛的失利……这段时间以来所有的委屈都伴着我的泪水一幕幕在脑海里闪过。

我曾以为我刀枪不入，坚定而又顽强，那现在为什么会坐在这里哭呢？我明明觉得我能战胜这些质疑与挫折，那在想起这些片段的时候，又为什么会觉得这样委屈呢？如果我真的能够消化这些磨难，那我现在所感受的空前绝后的压抑又是怎么回事？

……

数不尽的自我怀疑像是洪水猛兽般在一瞬间将我吞噬，我像是个被打垮的、瘫痪的机器，接收不到指令的泪腺失灵般地纵容着泪水的肆虐。直到感觉到纸巾划过脸庞，我才慢慢回过神来。睁开眼，面前是陈木略带愠怒的脸，一扫刚才的温暖可人。

"不就是唱错了一句歌词吗？至于哭成这样吗？"

陈木的口吻里带着教训的语气，竟有几分"恨铁不成钢"的意思。

他以为他是谁？他了解我吗？他知道这段时间我所经历的这些事情吗？如果不知道，他又有什么资格用这种姿态来教育我？

或许 / 只有强大 / 才能获得 / 公平

………

我越想越委屈,眼泪竟然又不自觉地向上涌,于是我别过头去,不想再被陈木教训。

"唉——"陈木叹了口气,"我可能刚才说话重了点,但我的意思是,你现在坐在这里哭是解决不了问题的。如果真的遇到了什么难处,有什么不开心的事情,可以说出来,大家一起想办法。"

我和你很熟吗?凭什么要听你的教导?我仍旧没有搭理陈木。

"你可以不跟我说,可以不相信我,但是你要明白,你已经是个成年人了,该对自己的人生负起责任来了。一遇到不如意的事情就哭哭啼啼,是只有小孩子才会做的事情。"

你已经是个成年人了。

是啊,我已经是个成年人了。去年夏天和父母吵架的时候,是谁口口声声说自己已经长大了,已经不再是小孩子了呢?

当时一心想着摆脱父母的束缚,却从未细想过这句话的真正含义。长大意味着自由,同时也意味着责任。

多么简单的道理,偏要借其他人的口说出来,自己才能有醍醐灌顶的醒悟。

我转过头来,发现陈木正目不转睛地盯着我。那眼睛里有焦急,有失望,还有种说不清道不明的坚定。

是对我的信任吗?

06

这些天来我已经被王彩凤逼得没法了,而且我在"魔都"又实在没有什么别的朋友,便抱着一种"死马当成活马医"的心态,把近来遇到的这些难处一股脑儿全都告诉了陈木。

"你说她怎么可以这样对我啊?我到底哪里得罪她了?"

虽说抱怨也不能解决问题,但一想起王彩凤这些天对我的态度和作为,我仍旧止不住委屈。

"你看不出来吗?"

"什么看不出来?"

"她喜欢崔明强啊!"

"什么?可是……"

"你想说,可是崔明强就是个人渣,对吗?"

我用力地点头表示赞同。

"但是你也说了,起码在经济方面他还是不错的啊。你不喜欢这样的人,不代表这样的人就不会有人喜欢。"

"也就是说,她把我当成了情敌?"

"没错,不然她没必要这么过分的。"

"可是我跟她解释过。"

"这种事情,解释只会越描越黑,我觉得当务之急,你还是早点搬家比较好,不然不知道她会做出什么更过分的事情来。"

或许 / 只有强大 / 才能获得 / 公平

"我在找房子了,一直找不到合适的。"

"你要是不介意,可以去荆水那里,她前阵子跟我说她在找室友,应该还没有找到。"

"可是我和荆水也不熟,这样合适吗?"

"没关系的,我先在微信上帮你问问她,而且她这个人其实没有表面上看起来那么不好相处。"

看到陈木这样为我的事情操心,感动之余忽然涌上一丝羞愧,为我刚才的失态羞愧,更为我的不知感恩羞愧。生活让我频频遭遇磨砺,却从未有一次真正弃我于不顾。反倒是自己,稍稍碰见一些挫折就忍不住自暴自弃,怨天尤人。这样的我怎么对得起那些一路上给我帮助的人,还有几个月来自己坚持不懈的努力?

想到这儿,我不禁红了脸,急忙拿起面前的茶杯,灌下一大口伯爵红茶来掩饰。

"荆水同意了!"明明是在帮我的忙,陈木语气听起来倒像他自己中了五百万似的,"她说你随时都可以搬过去。"

"那就明天吧,正好明天是周日,我也不用上班。就是……"

"我明天也有空的,如果你需要的话,我可以帮你一起搬东西。"

我还没好意思张口,陈木便已看穿了我的心思。

"那真是太谢谢你了!"

就这样,我和陈木约好了第二天下午一点在我的住处见面。

那天回去之后,本应高兴的我,看着这住了两个月不到的房子,竟莫名忧伤。我刚入职的时候,是王姐手把手教我如何应对学生家长;客厅的沙发上，我们也曾一起看电影然后笑作一团……这些美好的回忆，如今竟换不来一个好聚好散。

事到如今，那些初见时的热情，看起来都像是拉拢人心的逢场作戏，但我还是选择相信，就算是"做戏"，也免不了某一刻的情真意切。

我想我不会忘记这些天来经受的苦难，难过的同时，涌上心头的却是那句话——凡是不能杀死我的，都将使我变得更强。

这一夜，我在黑暗中望着低矮的天花板，久久难以入眠。

07

因为堵车，我和陈木拖着大包小包赶到荆水家的时候已经是下午两点半了，比我们预算的时间足足晚了半小时。

一敲开荆水的门，她便立刻笑着招呼我们赶紧进来坐，随后又忙不迭地给我们倒水。想起那日化着浓妆踩着高跟鞋，高冷得不可一世的荆水，我竟有些怀疑自己是不是走错了门——此时的荆水素面朝天，身上穿着淡蓝色的居家服，热情的模样仿佛谁家的贤妻良母。

"要不要吃水果？我昨天刚买了草莓。"

"不用不用。"看着荆水体贴周到的姿态，我有些受宠若惊。

稍作休息后，荆水便带着我们参观起了房子。不过说"参观"其实有些夸张了，荆水住的不过是很普通的两室一厅，面积大概在七十平方米左右，几步便逛完了。虽然比王彩凤租的那破旧阴暗的房子好上不少，可也没有我想象中的优渥舒适。室内的陈设非常简洁，家具的款式也很普通，甚至还不及自己小县城的家装修得考究。不过这房子最大的优点是采光好，这对于我这个习惯了干燥的北方人而言也算是福音了。整间房子里唯一的亮点只有阳台，或许是不愿辜负这充沛的阳光，荆水在阳台上放了把摇椅。闲散的摇椅和刻板的家具形成鲜明的对比，像是对平淡生活的一记无力的反击。

南边的次卧是我的，虽然房间面积并没有比同王彩凤合租时的大多少，但好在屋子明亮整洁，而且荆水也因为我的房间并没有她的宽敞而相应减少了我的房租。

在经历了王彩凤的坑害后，能够马上搬进这样的房子，还遇见一个这样善解人意的室友，我感动得说不出话来，竟忍不住红了眼眶，向荆水深深地鞠了一躬。

"小师妹，你这样我可担待不起。"荆水扶直我的身子，"要谢啊，你可得好好谢谢陈木。"

"谢谢你，陈木。"

我又向陈木深鞠一躬。其实不用荆水多说，我也明白这些日子里陈木对我的帮助太多了，岂是一句简单的"谢谢"能还得清的呢？但除了鞠躬，涉世未深的我又不知道该如何表达我的谢意。或者说涉世未深也不准确，我已经成年了，在古代甘罗十二岁已经做宰相了，我只是缺乏社会的历练。虽然活了十八年，却像温室里的花朵一样被养了十八年。才刚明白一些事理，就被丢进了学校，除了学习成绩，老师和家长什么也不让我们操心。父母和老师这种大包大揽只顾成绩的方式，看似在保护我们这些祖国未来的花朵，实则是让我们，尤其是让我这样性格内向的人，一旦离开校园，就会在社会中迷失。遇到侵害不知道如何有分寸地抗争，遇到帮助又不明白感恩到什么程度或者用什么方式感恩才妥当。就像郁达夫说的那样，不知不觉中，性格已经和这个社会格格不入。

"哎呀，没关系啦。"陈木的口吻里带着几分不知所措，我直起身子才发现他早已侧过身去，隐约可见涨红的脸。每次我鞠躬的时候他都这样，或许我之所以觉得他身上有一种没来由的亲切感，就源自他的这份和我相差无几的羞涩吧。

"那个……荆水，小凡，我还有事，我就先走了。"还未容我多说两句，陈木便逃也似的离开了。

"这小子，都毕业两年了，还一副羞涩的学生样。"荆水无奈地笑道，语气里带着一种家长式的宽容。

屋里只剩下我和荆水两个人了。见我拿出行李箱里的衣服就胡乱地往柜子里塞，荆水主动提出帮我收拾。她麻利地把我那堆团在一起的衣服按照上装、下装、内衣和外套分门别类，然后又指挥着我按照她的方法把同类别的衣服都叠成相同大小的豆腐块。看着按照荆水的方法整理的整齐的衣服，我不禁羞红了脸。想起过去在家的时候，父母大包大揽了所有的家务，所以哪怕是最基础的收叠衣物这样的琐事，我都毫不擅长，而我也从未有过要主动学习这些生活常识的念头，总觉这都是再简单不过的事情，被扔出家门后马上就能掌握的技能，毕竟还有什么能够比"数理化"更让一个女生头疼呢？

想到这儿,羞愧之意更多了几分。

正当我暗暗惭愧的时候,门铃忽然响了,荆水起身去开门。等她回来时,手里多了一盆小小的仙人球。

"这是陈木送给你的,说走到小区门口看见有人卖盆栽,想到你刚好搬了新家,屋里肯定需要些摆件,就顺便买了。"

我接过荆水手里的仙人球,不自觉愣在了原地。想起自己初来"魔都"租第一套房子的时候,也这样在阳台边放了一盆仙人球。那时候新的人生刚刚开始,对于未来我不仅有美好的想象,更有无限的信心,我觉得自己一定会在那盆仙人球开出花之前过上自己想要的生活。然而时过境迁,那盆仙人球在搬家的途中被永远地遗忘在了那个寂寞的角落里,与之相伴的,还有曾经那股子初生牛犊不怕虎的闯劲儿。

如今手里捧着这一盆沉甸甸的仙人球,我告诉自己:

是时候重整旗鼓,再次上路了。

自己选的路，不仅要跪着走完，哪怕是被生活打断了腿，仅剩下双手，也要靠双手爬到终点。就算落得像荆水一样孤独，我也不怕。成功的人，总是要比普通人更加孤独。那些合群的，大都没出息。

第十章

破罐子破摔吗

01

走出上榜教育那栋"金玉其外,败絮其中"的大楼时,我看见了抱着纸箱、蹲坐在楼梯上的崔明强。在此之前,我刚经历了一场酣畅淋漓的争吵。

半年前,我因为生活所迫选择在这里打工,却从未有一天真正感到过快乐。因为不愿与"骗子"为伍,所以也没赚到过什么"大钱"。好在最初有王彩凤帮持,日子也还过得下去。每到月末总结的时候,若是我没有完成任务,还会有人装模作样地帮衬两句。如今"假朋友"变成了"真敌人",曾经的装模作样就立刻变成了落井下石。本就厌恶的工作因为厌恶的人而变得愈发面目可憎。在主管说出那句"不想好好干就给我滚回家"的时候,我压抑许久的怒火终于被点燃了。

"不干就不干,谁愿意和你们这些坑蒙拐骗的人在一起!"

潇洒地转身,优雅地关门,昂首阔步,绝不回头。

走进电梯,看见镜子里的我,第一次觉得自己像个英雄。这是我长这么大,头一回对别人,还是一群人,说这样狠的话。想起过去连和父亲表达自己的想法都畏首畏尾,真为刚才面对恶人毫不心软的自己感到骄傲。

然而正当我"春风得意马蹄疾"之时,无意间却看到崔明强竟落寞地坐在楼下的台阶上。见我走近,他倏地一下站起身,一扫刚才脸上的阴郁,再次戴上那"正人君子"的面具。

"今天这么早就下班了?"

生硬的寒暄,尴尬的对白,前一秒明明还那样难过,后一秒就能立刻换上成人的伪装。

"没有,我不干了。"

"哦——"崔明强若有所思地点头道,随后竟莫名其妙地笑了起来,"我也不干了。"

他这副神经兮兮的样子还真是有点吓人。我没有接他的话,自顾自地朝地铁站走去。然而他似乎意犹未尽,不顾我的冷淡,跟上来继续问道:"为什么不干了?"

"不想干了。"

我被他问得有些烦,不自觉地加快脚步。

"不想干就不干了。"崔明强喃喃自语地重复着我的话,感慨道,"真好啊,人生还有得选。不像我,现在是彻底没得选,只能打道回老家咯。"

没得选?他怎么会没得选?我记得之前王彩凤说过他每个月收入有好几万,应该不难在"魔都"扎根吧?而且以他的追求,能赚很多的钱,在"魔都"扎根,不就已经实现了人生价值吗?

"'魔都'啊,终究不是谁都有资格敢奢想留下来的。"

崔明强抬高了声量,明明没有喝酒,却像醉了一样有些疯癫。他像是在对我讲话,又像是在对着老天爷埋怨。

"工资上涨的速度永远赶不上房价上涨的速度。什么理想啊抱负啊，对于我们这些农村人来说，终究只是南柯一梦，南柯一梦——"

终于走到了地铁站，崔明强安静下来，转向我伸出右手："很高兴认识你。"

没有阿谀奉承，也没有一脸的淫秽，头一次，我在他的眼睛里看见了真诚。虽然不喜欢这个人，但我还是被卸去伪装的他打动了，于是递上自己的右手。

轻轻的一握，最后的一面。他转身顺着楼梯向下走，只留下一个孤独的背影，像这座城里千千万万的仓促的没有名字的身影。

看着人来人往的街道，想起崔明强刚才疯疯癫癫的自言自语。不知为何，心里涌上一阵悲凉。很久以后我才知道，崔明强的离开是因为母亲的重病。人生在世，再仙风道骨的人也很难活得无牵无绊，梦想近在咫尺却总是差那么一小步够不着的滋味，或许是最令人痛苦的吧。

02

我回到家的时候荆水才刚刚起床梳洗，准备吃午饭。由于演出多半是在晚上，所以荆水的作息几乎都是晚睡晚起。有时候如果演出太累，她甚至来不及卸妆就直接沉沉睡去，第二天早上看到一张花脸，感觉格外心酸。

这天中午她煮了番茄鸡蛋面,见我回到家,便招呼我一起吃。当歌手是个体力活,为了保持身材更为了维持健康,荆水很少在外面吃饭。

"我把工作辞了。"虽说那样的工作我早就不想干了,可是辞职之后的打算我还没有仔细想过。

"总要走到这一步的。这是好事。"荆水的反应很平淡。

"唉——也算不上什么好事,这下又要找新的工作了。我只有高中学历,还不知道能找到什么样的工作。"我垂头丧气地坐在了沙发上。

"你要是真打算走唱歌这条路,学历不是最重要的。我这里有一些演出的活儿,你要是有兴趣的话可以去试试。"

"真的?我可以吗?"我两眼放光,像是溺水之时有人丢过来一个游泳圈。

"万事开头难,但总要开头的,你不去试试,怎么知道可不可以。"

"谢谢师姐,师姐对我太好了!我都不知道怎么报答你!"

"现在谢我还早,到时候演砸了,或者演出中遇到别的什么问题,别骂我就行。反正你做好心理准备吧,干哪一行都不容易,都需要勤学苦练。"

"我会努力的!一定不会辜负师姐的期待!"

"不光是我的期待,还有老师和陈木的期待。"

03

有了师姐的牵线,我可算是"山重水复疑无路,柳暗花明又一村"。而且演出唱歌,本就是我热爱的,再苦再累,我也愿意。

当天晚上,我睡得特别踏实,可以说是我来到"魔都"以来睡得最香甜的一次。不知道是因为荆水给我准备的床软和,还是因为我依稀看到了我的未来。

第二天,我早早起床到小区里跑步。新的小区依旧有一群晨练的大爷大妈,打太极的,抖空竹的,跳广场舞的。他们的声音很大,可我一点也不觉得吵闹。可能人心情好了,噪音也会变成完美的音乐。

等我跑完步要回去的时候,电话响了,是一个陌生的号码。我犹豫了下,还是接了。电话那端是一个有些女性化的男声:"您好,请问是凡佳玮小姐吗?"

"嗯,你是?"

"我是'唱想KTV'的工作人员,恭喜您晋级了我们公司举办的梦想歌唱比赛决赛。"

"啊?我不是唱砸了,怎么还进入了决赛?"

"那我就不知道了,我是看到决赛名单上有您,所以通知您一声,您按时来就行了,我就不跟您多说了,接下来还要通知其他选手。等下我会把决赛地点和时间用短信发给你,决赛见啦!"

"好的。"挂了电话,我觉得莫名其妙,于是给老师发了微信,问到底是什么情况。

老师说，这个比赛本来就不正规，我那天唱完就走了，可能后面的选手更糟糕，他们最后瘸子里挑将军，还是挑上了我，反正不管怎么样，晋级了总是好事。

虽然这胜利来得太过容易，甚至有些不明不白，可是对于现在没有收入的我来说却是天大的好消息。因为如果赢得了比赛，就意味着我能够拿到一万元奖金。整整五位数啊！这是我之前打几个月工都未必能攒下来的酬劳。

我飞快地跑回家，想把这个好消息分享给荆水，然而打开门看到空无一人的客厅，才想起来昨夜荆水又演出到很晚，想必现在还在梦乡里呢。

我蹑手蹑脚地回到自己的房间，戴上耳机开始选歌，脑海里不知道第几次畅想自己站在舞台上的画面。

这一次可再不能唱砸了。

04

夜幕降临，我肚子饿了，想到荆水应该也没吃什么，我就煮了一大锅皮蛋瘦肉粥。切肉剥皮蛋的时候，我莫名想起之前和王彩凤的合租生活，那时候她之所以处处刁难我，除了她的问题之外，应该也和我打心眼儿里不认同她的价值观，也从未主动为她做过什么多少有点关系。任何一种关系,只要彼此都看不上对方,就肯定会走向毁灭。

长这么大,我似乎从未真正关心过什么人,或者说我根本不懂得如何去关心别人。如今独自漂泊在异乡,吃了这么些苦头,也受了这么多恩惠,不知不觉中,我竟也会替他人着想了。

也许是肉香味太诱人,粥刚煮好,荆水就起床了。见她醒了,我一边给她盛粥,一边告诉她我比赛晋级的事情。

和王姐那种见不得我好的室友不同,听到我的喜讯,荆水是由衷地高兴,还拉我去她房间里,给我看她的演出视频。

虽然她没有明说,但我明白,她是在变相帮我,我上次就是输在舞台经验不足上。

"这是我大一参加校园歌手大赛时的视频,是不是很傻?"荆水自嘲地笑了,但眼神里还是掩不住对于往昔岁月的怀念。

还未等我想好措辞,她先自言自语道:"不过就算这么傻,也还是拿了第一名的。"

"这么厉害呀!"

没想到荆水在读书的时候就已经是个歌唱达人了,而我呢,从小到大别说上台唱歌了,就连合唱队也没有参加过。所谓做歌手的梦想,只是深埋心底的困兽,无数次想把它释放出来,却又无能为力。

"也正是那次之后,坚定了我要选择唱歌这条路的决心,于是毫不犹豫地从大学里退学了。"

当荆水轻描淡写地说出这句话的时候,我不禁大吃一惊。哪怕在社会日渐宽容的当下,情人之间能够原谅出轨,父母却还是无法容忍孩子退学,更别说十年前了。荆水该承受了多大的压力啊!

"那个时候我只有十九岁,跟你一样大。得知我退学后,父母自然是气不打一处来,觉得我放着好不容易考上的名牌大学不念跑去唱歌,就是个'戆大'(上海话,傻子的意思),他们认为,一个女孩子,读完大学考个公务员嫁个好老公是最稳妥的。后来因为实在没办法沟通,我就从家里搬出来了。父母给我起的本名叫水晶,离开家后我自己改成了荆水,算是从头开始新的人生了。"

"那现在呢?师姐现在都这么成功了,父母还反对你吗?"

我问荆水,也像是在问自己。如果有朝一日我像荆水一样成功,父母是否还会像最初那样反对我?

"呵呵。"荆水无奈地笑道,"他们找不到反对的理由,却也从未支持过,而是把矛头转向了另一个问题上。他们开始唠叨说,如果当初我好好读书,找个正经工作,就不至于都三十岁了还嫁不出去。不过这些也就算了,但这么些年过去,我没问家里要过一分钱,回到家里,他们关心的却不是我累不累,而是我有没有赚到钱。也许他们是害怕我会拖累他们,哪怕我已经每年都给他们买不知道多少的贵重礼物。"

不知为何,荆水明明是在叙述自己的处境,我听到这些后,心却莫名沉了下去。虽然从小到大父母一直把自己的意志强加在我的身上,我说自己想走音乐这条路的时候他们毫不犹豫地选择反对,但是这些天来我还是会时不时幻想自己成功后回到家的样子,我幻想着他们会以我为傲,会义无反顾地做我的后盾。然而荆水这席话让我一厢情愿的幻想都破灭了,只剩下冰冷的现实如潮水般不断扑打过来,打得我心里生疼生疼的。

或许之前我所受过的苦根本就不算什么,变成孤家寡人才是不顾一切地去追梦要付出的真正代价吧。可是事已至此,我难道还有退路吗?如果现在放弃,只会被父母奚落一辈子,况且我一点也不想放弃。这是我自己选的路,我不仅要跪着走完,哪怕是被生活打断了腿,仅剩下双手,也要用双手爬到终点线。就算落得像荆水一样孤独,我也不怕。成功的人,总是要比普通人更加孤独。那些合群的,大都没出息。

"说白了只是自己还不够成功罢了,还没有红到大江南北的电视上都是我。"荆水忽然耸耸肩,"不过无所谓啦。十年过去了,能努力的我也都努力了。而且我现在的生活过得自由自在的,我也很满足。至于红不红,或许真的只能看命运的安排吧。"

荆水的这番话,不禁又让我想起那天夜里她演出结束后大家一起吃火锅的情状。不愿意为了红而接受潜规则,所谓"看命运的安排",或许是荆水对这不公世界的最后一丝抵抗吧。

可我的心里却还是有个声音不停地说着"我不愿认命",或许我根本不相信自己的命会那么差。

05

决赛的那天,因为怕再唱砸了,我是一个人悄悄去的——荆水去演出了,陈木不知道我晋级了,老师则在忙着教别的学生。我孤零零到了现场，才发现其他选手都带着亲朋好友，有些甚至带着粉丝。这些人带起来的热闹劲儿，让比赛莫名显得正规起来，同时也让我显得和现场氛围有些格格不入。

不过这并不影响我比赛。看了几天荆水演出的视频，她也帮我纠正了一些我唱法上的坏习惯，比赛时，我放松得就像平常在自己的卧室里练歌一样。张国荣的《我》，女声唱出来也别有一番风味。

唱完之后我就走了。再接到主办方的电话已经是五天以后，这一次，他们是通知我去领奖——冠军，一万块奖金。

一切顺利得像是一场梦，尽管我不相信我的命会差到哪里去，但真的开始时来运转了，又让我觉得不真实。

我一个人去领了奖杯，领了奖金。虽然是很小的一场比赛，却让我找回了自信。对于本领还不大、年纪尚轻的我来说，自信可能是我最重要的东西。通往梦想的路上的每一寸进步，都离不开自信。

也算是为了巩固这份自信吧，我去了一趟商场，打算买点礼物回报这些日子以来帮助我的陈木、荆水和老师。可是真到了"魔都"的商场，我才发现，一万块钱，根本买不到什么——而且我还打算给自己买一架钢琴。

不逛商场，可能体会不到"魔都"的纸醉金迷。恒隆广场也好，国金中心也罢，又或者是文艺青年的聚集地K11，都汇集了来自世界各地的奢侈品。看了各种商品价签上面的几个零之后，在售货员挑剔目光的注视下，我回到了马路上。

也许不是那些东西太贵，只是我太贫穷和渺小了吧。这样想着，我走进了一家水果店,买了一大盒草莓——陈木爱吃什么我不知道,荆水肯定是爱吃水果的。买完草莓,我又找了家茶叶店,花了几百块,买了一盒金骏眉给老师。至于陈木,我想我只能请他吃一顿饭了。

最后,我终于找到了一家乐器行,买了一台珠江钢琴,虽然只需要九千多块钱,是钢琴里不能再便宜的了,但对于刚入门的我来说,绰绰有余了。

抚摸着顺滑的琴键,听着音乐像流水一样从我的指尖淌出,我感觉自己回到了十四岁,回到了梦想开始那一年。

我需要钱,可能是穷怕了,我需要钱带给我安全感。过去我还没有能力赚钱的时候,我拿梦想安慰自己,我说追梦的人都穷。等有天我有了赚钱的能力后,我发现我变了,我迫不及待地想拥有很多钱,只要拥有很多钱就可以了,梦想可以为了钱让道,为了钱等一等。但我也清楚,我的梦想不会因为钱而变质。

第十一章

过去就像一道永远无法愈合的伤口

01

也许是被突如其来的成功冲昏了头脑，买完钢琴的第二天，我买了一张回家的火车票。我并不想继续过那种被父母约束的生活，但我还是想回去看看。

出来这么久了，该回去看看了。那毕竟是你生活了十八年的地方，那里毕竟有养了你十八年的父母。做人不能太深情，但也不能太无情——心里一直有一个声音，这样对我说。之前我一直拒绝回去，是因为我过得太狼狈了。

对于我来说，那个地方就像一道伤口，因为背叛父母而留下的伤口，如果不能回去一次让这伤口彻底愈合，我会一直活在不安之中，每回忆一次，这伤口就会被撕开一次。

如今既然走出了狼狈的生活状态，我也就没有那么怕面对父母了。但是上了火车后，刚一坐下，我就后悔了，或者说害怕了。如果父母强行控制我，把我锁起来，怎么办？或者父母觉得我病了，把我送进精神病医院？虽然我已经成年了，但在父母那里，我似乎永远是个不懂事的孩子。虽然父母并未在身体上虐待过我，甚至可以说对我非常好了，但是在精神上，他们从未给过我一分一秒的自由，起码在我十四岁以后，就再也没有

过去／就像一道／永远无法愈合的／伤口

给过。

回到那个地方，回到失去自由的地方，回到被约束的地方，回到被监视的地方，回到那里的意义是什么，我不知道。

但我始终没有选择中途下车。就像电影《杰出公民》里的主人公一样，他最终还是回到了那个他无比憎恨的地方，见到了那些他讨厌的人。那些人似乎永远不会改变，世世代代的庸俗，世世代代的固执。不管那里交通多么发达，环境多么美好，都无法改变那里的人心。

一年的"魔都"生活，已经让我与从前判若两人，起码外貌上是这样。我剪掉了长发，为了符合荆水说的演出氛围，我还烫了头发，染了颜色，也跟着荆水学会了化妆。一下火车，我就戴上了帽子和口罩，反正现在雾霾严重，把自己捂得严严实实，已经是司空见惯的事情，即便是乡野小城，也都是这样的人。

我知道没人能够认出已经改头换面的我，但快到我住了十多年的那个小区的时候，我还是把墨镜也戴上了。我心里的底气严重不足，我被未知的恐惧包裹着，每离家近一步，恐惧就加重一分。这恐惧中，还带着一点点嫌弃。

不过夷市已经和我离开那年大不相同，不仅道路在翻修拓宽，连被淤泥堵塞了多年的河道也被疏通了。很多小区墙上都写上了大大的"拆"字，我从火车站一路看过来，许多旧时的回忆都被拆掉了，美好的，不美好的，都消散了。

在这个地方的时候，我很少关心这个地方，等到了"魔都"后，我却几乎天天都要看这里的新闻。小地方通常是没有什么新闻的，从县改成市让大家兴奋了好多年,修高铁站和高速公路又让大家兴奋了好多年;西街出了杀人案能被议论两年,东街出了纵火案也能被议论两年。小地方的人总是很容易满足,他们习惯了向下看,看那些不如自己的地方。他们懒得向上看,向上看让他们感到自卑,感到压抑。

我不反对小地方人的心态,但我发现,不管是过去的旧城,还是翻修后的新城,我都和这里格格不入了。

在小区门口徘徊了大概两个小时,我还是没鼓起回家的勇气。可能就差那么一点吧,我不知道回家怎么跟父母说,父母从来都不是讲理的人,起码不会跟我讲理。回到家,远远地看一眼,我觉得我不安的心情已经平复了。老家所在的小区还是那个样子,小区外的车辆行人、小区里的老人孩子,也都还是那个样子,跟我离开时没有什么不同,似乎再过十年,也还是这个样子。

这个破旧的、让人嫌弃的地方,多我一个人不嫌多,少我一个人也不嫌少。这个世界似乎永远都是这样,不会围绕着谁转,不会因为谁的离开就停止旋转。

就在我打算离开的时候,小区里走出来一个女人,有着我无比熟悉的面孔,却也有着我无比陌生的身材。

她高挺的腹部,让她每走一步都显得那么滑稽。可能在怀我的时候,她就是这个样子的,当然我从来没有见过。等有一天我见到的时候,她怀的是别的什么人了。

也不能说是别的人吧,应该是我的弟弟,或者我的妹妹?总之是跟我血脉相关的人。可为什么,我感受不到一点点来自亲情的温暖,来自亲情的热爱的呢？

也曾想过，父母要忘记我，最好的办法，就是再生一个，反正已经开放二胎政策了，生孩子不再是问题。可是父母真的这么做了，我却无法接受。

我不知道我是无法接受父母有了二胎，还是无法接受他们在我离开不过一年多就忘了我，就像什么都没发生过一样开始了新的生活。或者两者都有。

是我的叛逆导致了他们的薄情，还是他们的薄情导致了我的叛逆，还是我们都有问题？我心里没有答案，只有苦楚。

是我错了，还是你们错了？

没有人给我答案，我也不想要答案了。恰好有出租车过来，我招了招手，让它带我离开了这个地方。我想我在恐惧和嫌弃之外，又多了一份憎恨。我恨这个地方，恨得无力，又恨得莫名。

返程票是早就买好的，上车后，我一直强忍着的泪水喷涌而出。虽然不愿意承认，我想，我也许，也是爱这个地方的。

02

回到"魔都"，我约陈木去吃饭，点了很多菜，说了很多话，陈木不知道我经历了什么，我也不想说。很多年后，他跟我说，那次吃饭，他感觉我像变了一个人，从那以后，再也没有变回去过。

我变得不再温柔，不再怯懦，不再被动，也不再让他有最初心动的感觉了。其实早在我剪去一头长发后，陈木就觉得我从外表上变成了另一个人，等回了一趟家再回来，我的内心，在陈木看来，也不像我了。

我无法跟人说，我心里像被丢了一颗原子弹，而丢下那颗原子弹的人，是我至亲至爱的父母，是我一直想做出成绩证明给他们看的人。

如今，我想我已经没有必要向谁证明了，也没有人需要我证明了，我只要过好我自己的人生就好了。我卸下了心灵上的重担，却没有感到一丝一毫的轻松。

一周后，荆水塞给我一张名片，说衡山路的一家酒吧请她去演出，她没有时间，让我先去试试。至于待遇，她已经和老板谈好了，我只需要每天晚上七点去唱歌，唱一个小时走人就行。老板和荆水认识很久了，她放心，我便也没有什么可怕的。

从某种程度上来说，我算是重走了荆水的路，但我知道，我不会变成第二个荆水。尽管过上她那样的生活也没有什么不好，尽管我过得还不如她，但我想，我至少要给自己定一个目标，这个目标就是超越荆水。也只有超越了她，才能不辜负老师的期待和朋友的帮助吧。

而且我有陈木，我想我不会像荆水那么孤独。我不会再拒绝我喜欢的人走进我的生活，我甚至可以主动走进别人的生活了。

03

如果不是回了趟家，如果不是心里的某一块地方空了，某一块地方死了，我想我坐在酒吧的高脚椅上唱歌的时候，不会那么从容，那么平静。

所以苦难，或者说别人的冷漠和无情，有时候不完全是坏事，起码对于成长来说，是好事，可以让人一夜长大。

我特别喜欢的一句话就是，在苦难中欣赏风景，在落魄时体会人生的另外一种美。

人的能力就像弹簧，把自己压得越低越累，弹起来的时候，就越高越轻松。内心经受过狂风暴雨之后，再看酒吧里那些买醉的人，就像在看一场游戏。一张开口，歌声一出来，我就进入了另外一个世界，一个只属于我的世界。

七点场唱了一个月后，荆水又给我安排了十点场，后来我又主动要求了午夜场。钱是赚不完的，唱歌的功力也不是唱得越多就进步越快，但我不想让自己闲下来。一旦闲下来，我就会胡思乱想。

老师那里我不再去了，除了演出和吃饭的时候，我几乎见不到他。反正也不想证明给父母看了，我突然就不是那么急了，基本的唱法老师已经全部教给我了，剩下的，如他所说，全看我的造化了。师父领进门，修行在个人。

陈木也很少来找我，我想他不是因为羞涩，只是因为，我变成了另外一个荆水之后，他不知道怎么跟我愉快地相处了。

而荆水，因为演出时间和演出场地跟我错开，虽然我们住在一起，也很少碰面。除非刚好都是结束了午夜场，刚好前后脚回到家，才会一起吃顿饭，聊聊圈子里那些疯狂的人和事。

我知道，我该交新的朋友了，但我一时却不太想交朋友了，因为我的周围没有值得我喜欢的人。有时候酒吧里也有人听完我的歌后约我第二天一起吃饭，或者干脆约我去开房，都被我拒绝了。人与人之间的关系太复杂，我讨厌和人相处，我更喜欢人与植物之间的关系。我又买了一些仙人球，不知道为什么，我非常喜欢仙人球，喜欢它浑身带刺，喜欢它给一点点水就可以活很久。

生活发生改变，是在半年后——有人找我组乐队。

当初钢琴刚买回来时，如果我不回那趟家，可能我还会继续坚持那个纯粹的梦想。回过家后，那个梦想破碎了，琴弹得就少了。如果不是心里还有一丝不甘，我可能早就把钢琴放网上卖掉了。因为每天忙于赚钱，每天都把自己搞得像陀螺，根本没有弹琴的闲情雅致。

我需要钱，可能是穷怕了，我需要钱带给我安全感。过去我还没有能力赚钱的时候，我拿梦想安慰自己，我说追梦的人都穷。等有天我有了赚钱的能力后，我发现我变了，我迫不及待地想拥有很多钱，只要拥有很多钱就可以了，梦想可以为了钱让道，为了钱等一等。

但我也清楚，我的梦想不会因为钱而变质，这是我没有卖掉钢琴的主要原因。我想等我摆脱了贫穷带给我的阴影之后，我就会停下来吧——尽管赚了钱就去购物中心大肆买包包、衣服、化妆品的我，一直没能摆脱贫穷。

04

那天我唱了阿修罗乐队的歌——《永远的快乐》。

一首很小众的乐队的很小众的歌,可是我很喜欢。可能歌里表达的,是我向往而又得不到的那种生活吧。

我唱完之后,台下有人鼓掌,然后是一片掌声。我看了一眼带头鼓掌那个人,很帅,清瘦,但看穿着,不像是搞音乐的。

演出结束,我像往常一样去赶地铁,还有下一个场子在等我。这样的生活过了半年,我已经习惯了,甚至还挺享受的。我过去的梦想,就是靠唱歌赚钱,唱自己的歌,赚很多的钱。现在是唱别人的歌,赚很少的钱,但也算是实现了一半梦想吧。如果不是不断赶场子唱太多歌会让身体有些吃不消的话,我还挺快乐的,毕竟是自力更生。而这一切,都要感谢荆水,感谢陈木,感谢我的老师。我不知道怎么表达感谢,就主动承担了荆水的房租。

快到地铁口的时候,我听到后面有人叫我,回头一看,正是那个带头鼓掌的帅哥。

"你走得好快,像一阵风,我追了你好久!"帅哥气喘吁吁地说道。

"你可能需要健身。"我白了他一眼,继续往地铁站走,只是脚步放慢了一些,让他勉强跟得上。

"我挺喜欢你的声音的,有没有兴趣跟我合作?我写歌,你来唱。我还有个打鼓的朋友,我们可以组个乐队。"

"组个乐队？乐队赚钱会多一些？"对组乐队的事情，我还真不懂。

"倒不是赚钱的事情，我观察你很久了，我觉得你声音这么好，一直唱别人的歌，一直在酒吧唱，太可惜了。你应该去更大的舞台。"

"更大的舞台？"我停下了脚步。

"比如说音乐节，比如说上电视、开演唱会、发专辑。"

"你是星探？"

"不是，不过我有很多在唱片公司工作的朋友。要不咱们找个咖啡馆好好聊聊？"

"不是星探你画什么大饼！我虽然不懂你说的什么组乐队，但你说的话，让我觉得你不像是要帮我，更像是要泡我。"

"你好直接。我的确不算是帮你，我算是帮我自己。我希望我的歌能够让更合适的人唱出来，我最近一直在找小众歌手，你是我最满意的。"

"你的好意我心领了，很感谢你刚才带头鼓掌，但是，请你不要耽误我赚钱。"说完，我刷卡进了地铁站，他没有继续跟着。

这半年里，这样的人我遇到了很多。有些有钱的，说可以给我提供什么什么帮助，让我得到什么什么；有些有名的，说可以带我干什么什么，让我生活变得更好。总之都是画大饼，画完就算了。我要是信了他们的邪，就只能等着被他们睡过后就抛弃。也许也能得到一点好处，但绝对没有失去的多。这些套路，是我进入这个圈子之前，荆水就跟我说过的。

这个圈子的臭流氓，永远比正人君子多。那些高高在上光鲜亮丽的人的灵魂，并不比路边乞讨的人高尚。多少年少无知的小姑娘，被他们轻而易举地蒙骗。他们不但不以为耻，还以蒙骗了多少个小姑娘为荣。

过去 / 就像一道 / 永远无法愈合的 / 伤口

  我虽然不是什么绝世大美女,甚至比不上荆水,可是动听的声音,加上年轻的身体,再加上多少还是有那么几分姿色的脸,很容易把我带入那个罪恶的深渊。

  用荆水的话说就是——被骚扰是很正常的事情,不必有抵触情绪,干一行就要了解一行的规则,你可以不接受这些规则,但也没必要打破这些规则。

在那崭新的世界里,我拥有了新的人生。我的爸妈不再约束我,而是支持我所有的决定。我们相亲相爱地住在一起,彼此信赖,彼此依靠。我回到十八岁那年的夏天,说出我的梦想的时候,爸爸没有扯掉我的耳机,而是带着鼓励的微笑对我说:"你已经是个大孩子了,你做什么选择,爸爸都支持你。"

第十二章

终于看到了光

01

第二天，同样的地点，我又看到了那个人。我心里有点烦，打算跟老板请几天假，以前我也这样躲过几个"痴情"的听众。但是他一句话就打消了我的想法。

"我跟老板打听了，你是荆水的朋友吧。荆水也认识我的，我真的不是坏人，确实想跟你合作，你要是不信，可以打个电话问问她。"

"你认识荆水？那就好办了，我晚上问问她。要是她也觉得你是个好人的话，我们再往下聊吧。"我只想快点摆脱他。

"那我们加下微信？"

"不用了，如果荆水觉得你是好人，我会问她要你的微信的。"

自从那次加了崔明强的微信，被王姐当作情敌之后，我对添加陌生男人联系方式这件事，有种心理上的厌恶。

不知道为什么，知道他是荆水的朋友后，我眼前就总是晃出他的脸，好像厚厚的防备被他拆卸了，当晚的演出，我唱得有点心不在焉。一下台，我就给荆水发了微信。微信刚发出去，荆水的电话就打了过来。

"我刚就想给你打电话了，怕耽误你演出。你说的那个人，他也跟我说了，他还真不是坏人，跟他合作对你没坏处。"荆水的声音很大，似乎是躲在酒吧厕所里给我打的电话。

"他是何方神圣?"

"我也不知道怎么说,他算是一个网红吧,我是在微博认识他的,他粉丝挺多的,你可以搜一下看看,我等会儿把他的微博和微信给你。他跟我们不混一个圈子,或者说他压根儿不混圈子,我认识他四五年了,一共就见过两次面。他为人挺傲的,能主动找你,说明他是真的欣赏你。"

"好,那你发他微信给我,我问问他具体怎么合作。"

"好嘞!小师妹你时来运转了呢,红了的话,可不要忘了我这个师姐啊。"

"八字还没一撇呢,师姐你就别逗我了。"

"我是认真的,这个人给很多明星写过歌,填词作曲他都是一把好手,我都想找他,可是他不太好接触。"

"不好接触?我觉得他脸皮挺厚的,他都找了我两回了,我们说的该不会不是一个人吧?"

"错不了,他今天专门找了我。我现在就发他微信给你,你们先聊着,我等会儿还要上台,晚上回去再说。"

挂了电话,我的心莫名地狂跳了起来。给大明星填过词作过曲的人,竟然主动找我合作,我这是走了狗屎运了吗?

02

回家的路上，我收到了一条快递公司发来的短信，说我的包裹被放在了小区门口的自动提取柜里。我左思右想，实在想不出包裹里是什么，因为我已经很久没有网购了。

好奇心促使我一到小区就去取了快递，没到家就拆了封。打开精致包装的那一刻，我愣住了——那是一个马车样式的音乐盒。欧式复古的马车呈白色，还镶着金边，不禁让我想起《灰姑娘》里那个南瓜变成的马车。然而不同的是，南瓜终究是南瓜，午夜十二点一过，一场梦终究烟消云散，而这架马车里却实实在在地站着两个小人——女生身着白纱，微微抬头；男生穿着西装礼服，正和女生深情拥吻。

是在陈木带我去的那家店里，我看上并许过愿的那个音乐盒。

不知道在原地站了多久我才回过神来。我打开音乐盒，听里面传出轻柔的音乐，在音乐声中，恩爱的情侣翩翩起舞。

我去看寄件人，是一个英文名——Alles Bob。

寄件人地址和电话都是空白的，这个名字也让我百思不得其解。谁是鲍勃？我好像没有外国朋友吧？难道圣诞老人叫鲍勃？可是离圣诞节，也还有一段时间呢。

如果是陈木，有必要绕这个弯子吗？如果不是他，还有谁知道我喜欢这个音乐盒，知道我许下的那个愿望？我带着困惑回到家，顺便上网查了一下那个英文名。结果指向的是一部德国电影，同时也指向了片名——

《真爱》。

不知道哪里的真爱,寄来了我的最爱。我大概只能这么理解了。我还是很喜欢这个音乐盒的,可是时过境迁,我已经没有那时候的心态了,也不再是那个没有什么见识的小女孩了。尤其是在认识了荆水说的那个人之后,我一门心思只想知道他说的合作是什么。

洗漱完,荆水还没回来,我一边躺在床上等她,一边放着音乐盒里的音乐,不知不觉中,竟然睡着了,还做了一个关于完美爱情的梦。等我醒来的时候,已经是第二天早上,那个人早就通过了我的验证,并且给我发了一堆消息。如果不是我习惯把手机设置静音,早被他吵醒了。

03

有了荆水做保证,我放心多了。再加上看过他在微博上写的那些内容,感觉这个人还是很纯粹的,起码比我要纯粹,就算合作,他应该也不会欺负我,也许还会被我欺负。

所以当他说一起去见见那个鼓手的时候,我答应了。

鼓手也是一个网红,是一个女孩子,名字很温柔,叫软软。我一见到她,就喜欢上了她,甚至把带我来认识她的家伙冷落到了一边。

谈合作最好的场合,莫过于火锅店,大家边吃边聊,热腾腾的锅底很容易消耗掉彼此间的陌生感和距离感。直到吃完了火锅,我才知道他的真实姓名——叶程。

很普通的名字,和他的网名形成了鲜明的对比。哦对了,他的网名是——超超超超超超能量无极限。

像个顽皮的小孩子。

软软家是个别墅,就她一个人住,是个很好的排练场。一开始她是怕打鼓会吵到别人,才一个人住到别墅的。跟我们组了乐队后,她希望我们也搬过来,这样不耽误练习。别墅有五层,我们一人可以住一层。

因为叶程在音乐圈的关系,我们刚排完他写的第三首歌,就争取到了在草莓音乐节演出的机会,然后是迷笛音乐节、张北音乐节、橘洲音乐节……

比在酒吧大了十倍的舞台,比在酒吧多了百倍的观众,我也开始有了自己的粉丝。虽然对于叶程来说,我们才刚起步,离他希望的开演唱会、发专辑、上电视、全球演出,还差很远,但离我自己的期待,已经不远了,我感觉我的梦想已经触手可及了。

可是不知道为什么,我不太快乐,这一切跟我想的不太一样。有种梦醒了的感觉,而且没有跌入新的梦中。就像登上了一座高山,才发现远处有更高的山。

不但如此,高负荷的排练,让我的身体也有些吃不消,也许是之前不良的作息习惯留下的病根,我开始整夜整夜地失眠。

还好,有音乐盒,不管去哪里演出,我都带着它。小小的它,是我安全感的来源。每次失眠的时候,我都会打开它,静静地听着,闭上眼睛,渐渐地就会进入另外一个崭新的世界。

在那崭新的世界里,我拥有了新的人生。我的爸妈不再约束我,而是支持我所有的决定。我们相亲相爱地住在一起,彼此信赖,彼此依靠。

我回到十八岁那年的夏天,说出我的梦想的时候,爸爸没有扯掉我的耳机,而是带着鼓励的微笑对我说:"你已经是个大孩子了,你做什么选择,爸爸都支持你。"

我回到了高考前的一百天,父母没有锁起我的钢琴,我没有恨父母,高考考出了很棒的成绩,爸妈和老师都很开心,我也觉得自己的努力没有白费。

我回到了十四岁那年,我说我想去读艺术类院校,爸妈就给我请了很好的音乐老师,我的音乐道路一帆风顺,我成了钢琴名家,我的爸妈因为我而骄傲。

我回到了小时候,我想做一个平凡的人,我对爸妈说,我不要做社会精英,不要做人上人,不要为了面子而让自己活得那么累,爸妈笑着说好好好。我长大了,嫁了一个善良朴实的人,度过了平凡却幸福的一生。

音乐盒就像一个时光宝盒,我一打开,就可以穿梭到我的过去,改变我的人生。虽然醒来后,面对无法改变的现实,我有些沮丧。但有音乐盒在,就有希望在。在音乐盒带给我的那个世界里,我感受到了永恒的快乐。

尾声

到"魔都"的第二年冬天,我生了一场大病,差点要了我的命。

人在生病的时候,常常会有健康时得不出的感悟,尤其是在鬼门关走了一遭,如果没有大彻大悟,那可能就注定愚钝一生了。

最初的病因很简单,不知道吃了什么不干净的东西,引起了腹泻,然后就开始发烧,高烧到39.5度,明明浑身发烫,心中却觉得像是跌入了冰窖,穿多少件衣服还是感觉冷。

那时恰逢叶程和软软都去了国外,我吃了一堆退烧药和消炎药都不管用,反而开始呕吐,一点东西也吃不进去。整个人越来越虚弱,最后实在撑不下去了,给陈木打了电话。

陈木把我送进了医院,输了五瓶液,我才算是有了点力气,能够吃下点东西,但时不时还是会腹泻,烧也是退了又起来,起来又退。

为了照顾我,陈木一天往医院跑三趟,每趟都带饭来。我不能随便吃东西,他就煲汤煲粥,先是苹果粥、青菜粥,然后是莲藕排骨汤、土豆排骨汤……

吃着陈木精心制作的食物,在感叹他厨艺好的同时,我想起了我的妈妈。小时候每次生病,妈妈都会做各种好吃的给我,让我恢复元气。如

尾声

今爸妈不在身边，照顾我的人变成了陈木。也许也可以理解成，随着年龄的增长，父母终会缺席你的生活，你终究会认识新的人，开始不一样的人生。我的提前叛逃，只不过是加速了父母的缺席。

父母也有父母的人生，我也许也不应该一定要将自己与他们绑在一起。放过他们，也是放过我自己。人生在世，也许看得越开，才能活得越久。

病好之后，我给爸妈打了电话。接电话的妈妈几度哽咽，我也哭了。爸妈要到"魔都"看我，被我拒绝了，我打算春节再回去一趟。

也许父母这辈子也不能理解我，也许我始终无法彻底原谅父母曾经对我的种种安排。但这些都可以放下了，每一代人，都有每一代人的想法，也许站在父母的角度看，我才是十恶不赦的那个人，我才是不值得被原谅的那个人。

求同存异，做一个不极端不偏执的人，可能是我需要学习一生的功课。但人生在世，不就是活到老，学到老吗？也许这门功课我一直考不了满分，甚至总是不及格，但努力了，进步了，应该就可以被理解吧。

离开家的两年时光，我从一个黑白分明的小孩子，变成了五颜六色的大人，新的生活给我染上了新的颜色，让我变得复杂，让我明白，很多事情，尤其是亲情，是无法做到非黑即白的。亲情里有太多的灰色地带，说不清，也无法说。

或许，这就是人生吧。

后记

这是我第一次与人合著一本书,过去我是很排斥与人共同创作的,我觉得写作这种私密的事情,在写完之前,都不方便给人看,因为你肯定会不断修改,直到达到你心中最好的那个样子。中途给人看,或者跟人讨论的话,一定会改变你最初的设想,甚至违背你的创作初衷。如果一直有人在我创作的时候跟我争论故事走向,那我估计写不了几千字就崩溃了。

心态会发生变化,最初是因为去一个导演的工作室,参与了电视剧剧本的创作。变成了剧作家,我才发现,国内大部分的电视剧和网络剧以及电影剧本,都是由一群人完成的。完成的过程中每个人都需要不断地提出思路,不断地塑造人物,不断地被推翻和重建,最后达到所有人眼中的完美。

虽然剧作家这条路我并没有坚持到最后,但毕竟参与了不同的创作模式,每天跟一群人讨论大纲,讨论人物,讨论故事走向,渐渐地我发现,这种创作方式,在小说上,也未尝不可以一试。

小时候很多人都玩过故事接龙,一群人,每人讲一段,最后形成一个完整的故事,故事的开始,故事的走向,一直到故事的结尾,常常让人目瞪口呆。

后记

为了不那么离谱,我觉得事先制定好大纲,设定好人物,需要补充的就只是小桥段小情节了。有了这样的想法之后,我就一直在寻找一个靠谱的合作对象,但一直没找到。因为和我思想一致的人,太少了。

直到遇见了宫主冰。

我退过两次学,一次从初中,一次从艺术学校;一次十四岁,一次十七岁。宫主冰也退过两次学,一次从"魔都"的高一,一次从加拿大的高一。我们都有一个固执的父亲,和一颗想证明给父母看的心。

有着相似的经历,在阅读喜好上也不谋而合的我们,在讨论故事的时候,很少会有分歧。所以当宫主冰告诉我她打算写这样一个故事的时候,我第一反应就是,也许我能帮上忙。

过去导演对我说,几个人一起写剧本,是为了避免一个人写太累。一部电视剧,有时候写写废废,要写上百万字,几个人一起的话,写起来轻松一些。

然而实际操作的时候,不同的人,不同的想法,有时候不但没有变得轻松,反而会变得更累。毕竟文无第一,武无第二,每个人生活背景、生活阅历都不一样,对同一个故事同一个人物,常常会有不同的理解和看法。

所以共同创作的前提,是遇到那个合拍的,能够明白你心中所思所想,并且跟你想法一致的人,没有这个人,共同创作就是共同遭罪。

有了这个人后,接下来做的事情就很轻松了。故事主题抛出来,两个人一起讨论,看人物是否成立,故事是否吸引人。讨论完毕,就执笔写。因为我是负责总体把控的人,所以讨论的时候,我的意见比较多;执笔的时候，则是宫主冰写得比较多。如果论功行赏的话，这个故事的完成，她无疑是头功。就像是上阵打仗，我虽然是运筹帷幄的军师，带兵上阵和敌人厮杀的却是她。

这是我第一次与人合著，可能也是最后一次。不管怎么说，还年轻的我们，因为有了这次合著，对创作的理解，都更深了一层。因为这本书的主题是亲情，写完这本书后，我们对亲情的理解，也和最初大不相同。

可能每个人在年少的时候，都会面对这样的难题——是听爸妈的话，还是听从自己的内心？过去我一直觉得听从自己的内心更重要，写完这本书后，我发现其实听爸妈话的人，也没有错。我也没有资格说我选的路一定是对的，我只能说，不管做了什么样的选择，都不能回头，不能抱怨，人生是无数条道路组成的，无论哪一条路，坚持久了，都能走通。

故事里的人物，选择了一条相对勇敢、相对冒险、也相对不负责的路。这种追求梦想，实现自我价值的路，未必适合每个人。但对于年轻的小伙伴来说，多一种选择，总比没选择好，起码走了这条路的我和宫主冰，都过得很快乐。

最后，希望有生之年，我可以把各种创作方式都尝试一遍，带给大家更多的、不一样的阅读体验。也希望有机会可以和宫主冰一起创作剧本，在共同创作这件事上，她永远是我的不二人选。

更多精彩阅读

我多么想和你见一面

主编：郭敖
作者：七堇年 等

你是我的游乐园套票

作者：巫小诗

万一我们
一辈子单身

作者：少女绿妖

万能少女旅店

作者：夏不绿

你的人生终将闪耀

作者：李菁

明天我要去冰岛

作者：嘉倩

爱你这回事，
时间都记得

作者：牧鸢

有些日子，
你总要自己撑过去

作者：眷尔　孙玮

我们的年轻，
柔软而硬气

作者：卷毛维安

你在不怨的世界里，
成了更好的自己

作者：奶茶熙

没关系，
你来得刚刚好

作者：岸上行走的鱼

我很好，那么你呢

作者：文吉儿